Tausche Kanu gegen Surfboard
Mara im Chaos-Sommercamp

Bibliografische Information der Deutschen Nationalbibliothek
Die Deutsche Nationalbibliothek verzeichnet diese Publikation in der Deutschen Nationalbibliografie; detaillierte bibliografische Daten sind im Internet über http://dnb.d-nb.de abrufbar.

FSC
www.fsc.org
MIX
Papier aus verantwortungsvollen Quellen
FSC® C014496

Text: Stephanie Polák
Cover: Grafisches Atelier arsEdition unter Verwendung von Bildmaterial von pingvin_house, AuraArt, Wewhitelist / Shutterstock.com
Satz: www.angelikaschoen.de

ISBN 978-3-8458-2055-2

www.arsedition.de

Stephanie Polák

Tausche Kanu gegen Surfboard

Mara im Sommer-Chaoscamp

arsEdition

1. Kapitel

»Wusstest du, dass die in unserem Clubhotel Reitkurse anbieten?« Ich scrolle auf der Internetseite vom Grand Plaza Hotel***** weiter nach unten. »Außerdem Surfen, Wasserski, Minigolf, Bananenboot fahren. Und es gibt jeden Abend Shows im hoteleigenen Amphitheater – Flamenco, Artistik und Karaoke, auweia! Hey, du kannst da auch einen Zumba-Kurs belegen. Oder in den Spa-Bereich gehen. Wow, der sieht echt toll aus! Vielleicht komme ich da auch mal mit, was meinst du? Äh, Mom?«

Irritiert, weil so gar keine Reaktion von ihr kommt, schaue ich auf. Meine Mutter steht am Herd und rührt sehr angestrengt in einem Topf. »Freust du dich nicht? Du willst doch schon seit Ewigkeiten wieder nach Andalusien fahren.« Genau genommen seit ihrer Jugend. Da war sie nämlich schon einmal dort und hat sich unsterblich in einen heißblütigen Spanier namens Miguel verliebt. Wiedergesehen haben die beiden sich nie, aber seitdem besteht der Herzenswunsch meiner Mutter, eines Tages dorthin zurückzukehren.

Dieses Jahr ist es nun also so weit und in zwei Wochen starten wir für zehn Tage in ein todschickes Clubhotel direkt am Strand. Ich freue mich riesig darauf. Abhängen am Strand, planschen im Pool, Surfen lernen oder einfach gar nichts tun – herrlich!

»Tja, also«, beginnt Mom nun und rührt so heftig, dass der Kochlöffel immer wieder lautstark gegen den Topfrand knallt. »Ich wollte noch mal mit dir über diesen Urlaub reden.«

»Ja?« Ich ziehe die Augenbrauen zusammen. Irgendwas ist faul, ich kenne doch meine Mom.

Endlich dreht sie sich zu mir um. Ihr Kopf ist ganz rot. Kein Wunder, wenn man so lange den dampfenden Bohneneintopf rührt.

»Mara, es kann sein, tja, also, dass wir den Urlaub … nun ja … verschieben müssen.« Sie zieht den linken Mundwinkel hoch und sieht mich dabei irgendwie verkrampft an.

»Verschieben? Geht das denn? Also, ja, für mich ist das kein Problem. Aber denk dran, dass ich in der letzten Ferienwoche tagsüber immer mit Leni in der Tennisschule bin. Ansonsten ist es mir egal, wann wir fahren.« Gleichgültig zucke ich mit den Achseln. Dass sich meine Mutter aber auch immer so einen Kopf machen muss. Dann fahren wir eben ein, zwei Wochen später. Das halte ich jetzt auch noch aus.

Meine Mutter wuschelt sich mit der Hand durch ihre dunklen Locken. »Nein, also, es kann sogar sein, mein Schatz, dass wir den Urlaub komplett verschieben müssen.« Sie räuspert sich. »Auf nächstes Jahr.«

Mir fällt vor Schreck beinahe mein Tablet aus der Hand. »Nächstes Jahr? Was soll das heißen? Wieso?«

Mom schaltet den Herd aus, schnappt sich einen Stuhl

und setzt sich zu mir an den Küchentisch. »Ich habe dir doch neulich von diesem Job erzählt, erinnerst du dich?«

Ich nicke. »Ja klar. Du warst beim Vorstellungsgespräch, warst total aufgeregt, aber es lief super. Ich weiß, ich weiß. Wollten die sich nicht diese Woche bei dir melden und dir sagen, ob du den Job bekommst?«

Meine Mutter arbeitet in einer Werbeagentur und ist in ihrem Job scheinbar recht erfolgreich. Zumindest bekam sie kürzlich einen Anruf eines Headhunters, der sie abwerben wollte. Mom hat lange überlegt, ist dann aber doch zu dem Gespräch gegangen und kam ganz begeistert zurück. Die neue Firma wäre viel größer als die, in der sie jetzt arbeitet. Die machen viel mehr für ihre Mitarbeiter und so weiter. Ich habe nicht so ganz genau zugehört.

»Richtig.« Mit ihrem Zeigefinger fährt sie einen eingebrannten Ring auf der Tischplatte nach. »Die haben sich heute auch tatsächlich bei mir gemeldet. Und, ja, ich kann da anfangen.« Sie schaut auf und lächelt.

Begeistert reiße ich die Augen auf. »Wow! Das sind ja tolle Nachrichten! Herzlichen Glückwunsch, das freut mich total für dich!« Gerade will ich aufspringen, um sie zu umarmen, doch da sieht sie plötzlich gar nicht mehr so richtig glücklich aus. Also bleibe ich sitzen und warte erst mal ab.

»Danke, Liebes. Bevor ich da anfange, wollen die mich zu einer Fortbildung schicken. Tja, und die fällt genau mit unserem Urlaub zusammen.«

Prompt zerplatzt all meine Freude über den neuen Job wie eine Seifenblase im Wind. »Oh nein! Aber wir können doch später fahren. *Nach* deiner Fortbildung! Die Ferien sind sechs Wochen lang, da finden wir schon einen anderen Termin.« Zuversichtlich lächele ich Mom zu. »Zur Not sage ich auch die Tennisschule ab. Leni wäre zwar traurig, aber die bieten das auch in den Herbstferien an. Hauptsache, wir kommen nach Andalusien!«

Mom drückt meinen Arm. »Mara, ich bin mir nicht sicher, ob das klappt, ehrlich. Ich muss in der ersten Ferienwoche zu dieser Fortbildung und danach soll ich sofort in dem neuen Büro anfangen. Die haben einen personellen Engpass. Eine Frau ist im Mutterschutz, ein Mann ist länger krankgeschrieben. Ich glaube nicht, dass ich da gleich Urlaub einreichen kann. Aber wir können sicher das eine oder andere Wochenende in ein tolles Wellnesshotel hier in der Nähe fahren.« Nun legt sie den Kopf schief und sieht mich hoffnungsvoll an.

»Mann, das finde ich total blöd!« Meine Laune sinkt schlagartig in den Keller. Das darf doch wohl nicht wahr sein! Meine Ferien sind für die Tonne, obwohl sie noch nicht mal angefangen haben.

»Wir holen das nach, versprochen. Vielleicht in den Herbstferien oder über Silvester. Aber der Job ist wirklich toll, es wäre dumm, wenn ich mir diese Chance entgehen lasse.«

Klar freue ich mich für sie. Und es wäre ja auch blöd, wenn sie nur wegen eines Urlaubs eine gute Stelle absagt. Trotzdem ist das ja wohl megafrustig. Wütend schalte ich mein Tablet aus und werfe es auf den Zeitungsstapel am Rand des Tischs. Beinahe wäre es mitsamt den Zeitschriften runtergerutscht, aber Mom kann es gerade noch festhalten.

»Und noch eine Sache …«

Oh Gott, nein, was kommt jetzt bitte schön noch? »Jaaaha?«

»Die Fortbildung ist in London …«, beginnt sie ihren Satz. Ich unterbreche sie freudig: »Oh, okay. Na gut. Das ist auch gar nicht schlecht. Eigentlich wollte ich schon immer mal nach London. Ist zwar nicht ganz so warm wie in Spanien, aber es gibt ja wahnsinnig viel anzugucken. Madame Tussauds, Buckingham Palace, hm, vielleicht treffe ich ja einen echten Prinzen. Keine Sorge, da kann ich mich tagsüber, wenn du bei deiner Fortbildung bist, sicherlich gut alleine beschäftigen.«

Na ja, der Strand wird mir schon fehlen, darauf hatte ich mich gefreut, aber in London gibt es auch diesen Klamottenladen, über den ich letztens was gelesen habe. Zack, schnappe ich mir wieder mein Tablet und suche nach dem Artikel.

»Mara«, sagt Mom mit ernster Stimme und ich schaue wieder auf. Sie sieht mich lange an, dann sagt sie ruhig: »Das wäre toll. Aber ich kann dich da leider nicht mitnehmen. Weißt du, ich bin von morgens bis abends in dieser Schulung und danach stehen jeden Abend Geschäftsessen mit den Partnern der englischen Agentur auf dem Programm. Da kann ich dich nicht mitnehmen. Das wäre total unprofessionell.«

Also, langsam reicht's mir. Erst fliegt mir der tolle Cluburlaub um die Ohren und jetzt darf ich nicht mal mit nach London. »Und dann was?«

»Tja, das ist eben die Sache. Du kannst nicht eine Woche

alleine hierbleiben. Also, du könntest zum Beispiel zu Oma fahren.« Moms Lächeln wirkt etwas steif. Kein Wunder. Als wir Oma das letzte Mal besucht haben, hatte sie permanent etwas an mir auszusetzen. »Mara, wie sitzt du denn da! Eine Dame lümmelt nicht so am Tisch. In deinem Alter könntest du dich ruhig schon erwachsener benehmen … blablabla …« So ging das die ganze Zeit. Eine Woche bei meiner Großmutter wäre echt die Höchststrafe.

»Nein.« Energisch schüttele ich den Kopf.

»Habe ich mir schon gedacht, und das ist auch völlig okay. Darum habe ich mir etwas überlegt.« Mom erhebt sich, geht in den Flur und kommt kurz darauf mit einem Katalog zurück. »Das sind organisierte Jugendreisen. Da könntest du eine Woche mitfahren und dann bin ich ja wieder zurück.«

Skeptisch greife ich nach dem Katalog. *Away Jugendreisen. Der Urlaub Eures Lebens!* prangt dort in neongrünen Lettern. Darunter liegen mehrere Jugendliche bäuchlings an einem Strand und winken fröhlich in die Kamera.

»Hm«, mache ich erst mal ratlos. Ich fühle mich völlig überfordert.

»Schau mal.« Mom hat offenbar schon in dem Katalog geblättert, denn ein paar Seiten haben Eselsohren. »Es gibt Sprachkurse, Surfcamps in Frankreich, Dance Workshops – lauter tolle Sachen.«

»Hm«, mache ich noch einmal. Ich weiß nicht, ob mir das gefällt. Alleine auf eine Jugendreise? Wenn man da niemanden kennt?! So hatte ich mir meine Sommerferien nun echt nicht vorgestellt. Trotzdem sehe ich mir die Angebote genauer an. Ich blättere ein wenig hier und ein wenig dort, während Mom sich wieder dem Eintopf zuwendet.

»Ähm, Mom, du weißt schon, dass die meisten Reisen hier für Teens ab sechzehn sind, ja? Mit dreizehn lassen die mich da nicht mit.« Bei allem, was bisher interessant geklungen hat, steht der Zusatz 16+.

Mom nimmt mir den Katalog aus der Hand und blättert hin und her. »Ach, stimmt, du hast recht. Oje, das habe ich gar nicht gesehen.« Sie schaut noch mal vorne im Inhaltsverzeichnis nach. »Aber hier, schau mal, wir müssen einfach etwas weiter hinten gucken, da sind dann die Reisen für Jüngere.«

Stolz hält sie mir den Katalog wieder vor die Nase. Und wow, echt! Von dem dicken, bunten Katalog ist maximal das letzte Zehntel für »Kinder ab 10«. Skeptisch betrachte ich das vorangestellte Inhaltsverzeichnis und dann die einzelnen Angebote. Sie klingen zwar nicht ganz so gut wie die Reisen ab 16, aber gar so schlecht nun auch wieder nicht.

Hier gibt es eine Sprachreise nach Südengland – hm, nicht ganz London, aber interessant. Ein Girls-Camp – vielleicht ganz cool. Da ist auch das Dance-Camp – toll. Das gefällt mir. Angeln in Mecklenburg-Vorpommern – wie lächerlich! Wer macht denn so was?

»Meinst du, da wäre was dabei, was dir gefallen könnte?«, fragt Mom. »Du kannst dir aussuchen, was du willst!«

»Das Hip-Hop-Dance-Camp interessiert mich. Oder dieses Girls-Camp. Da gibt's dann auch Tanz-Workshops, Beachvolleyball, Pyjamaparty. Klingt ganz nett!« Wohl ist mir bei der ganzen Sache noch immer nicht, weil ich nicht weiß, wer da noch so mitfährt. Aber zumindest gibt es viel Programm.

Mom zieht das Tablet zu sich herüber. »Na, dann schauen wir doch gleich mal nach, ob wir das nicht sofort buchen können.«

»Jetzt schon? So schnell? Ist das mit der Fortbildung denn sicher?« Die Hoffnung stirbt zuletzt. Und irgendwie geht mir das alles viel zu fix. Eben noch gedanklich am Strand, jetzt alleine in einem Jugendcamp.

»Ja, Liebes, daran lässt sich nicht rütteln, leider. Also, wenn du nicht zu Oma willst, sollten wir dir schnell eins dieser Camps buchen.« Ohne aufzusehen, tippt Mom auf dem Display herum. »Lass uns mal sehen, was noch frei ist. Also, das wäre vom 17. bis zum 24., ja. Alter 12, Zielland … hm, das lassen wir mal offen. So, dann Ergebnisse anzeigen. Da haben wir's!«

Strahlend dreht sie das Tablet zu mir. Doch das, was ich da sehe, irritiert mich total. In der Ergebnisliste tauchen sage und schreibe drei Reisen auf: Fußballcamp, Angelcamp und Kanutour.

»Was soll das denn? Du hast da irgendwas falsch angeklickt. Hier ist das Dance-Camp ja gar nicht aufgeführt.« Meine Mutter und Technik, echt. »Lass mich mal.«

Kopfschüttelnd gebe ich alle Daten noch einmal in die Suchmaske ein, während Mom anfängt, Teller auf den Tisch zu stellen. Doch merkwürdigerweise erhalte ich die gleiche Ergebnisliste wie meine Mutter. Da muss ja wohl ein Fehler auf der Seite sein.

»Kannst du da vielleicht mal anrufen? Da stimmt doch

was nicht«, bitte ich Mom genervt. Sie greift sofort zum Hörer. Sie muss echt ein schlechtes Gewissen haben!

»Von Ottenthal, guten Abend! Ich rufe wegen Ihrer Jugendreisen an. Meine Tochter würde gerne das Dance- oder auch das Girls-Camp buchen … richtig … 17. bis 24. … Genau! Ja, ich warte … Ach so. Mhm. Oh, verstehe.« Der Blick, den sie mir zuwirft, lässt nichts Gutes ahnen.

Sie schnappt sich das Tablet und betrachtet angestrengt die Homepage des Reiseanbieters. »Das sehe ich hier auch. Ah, und das ist immer zuverlässig? … Und, ähm, gibt es eine Warteliste oder Leute, die abspringen? … Gut. Na, dann schauen wir uns das noch mal an und ich melde mich später. Vielen Dank erst mal!«

Ganz langsam legt sie ihr Handy auf die Küchenablage und noch viel langsamer dreht sie sich zu mir. »Tja, das stimmt schon alles. Es sind nur noch diese drei Camps für den Zeitraum frei. Das Dance-Camp bieten sie in dieser Woche gar nicht an und das Girls-Camp ist voll. Es kann immer noch sein, dass jemand krank wird, aber das ist eher selten der Fall und die Warteliste ist schon recht lang.«

Ich reiße ihr mein Tablet aus der Hand. »Auf keinen Fall! Kein Fußball, kein Angeln und auch kein Kanufahren! Nicht mit mir!«

Mom zuckt mit den Schultern und sieht mich fragend an. »Was dann? Doch zu Oma?«

Stinkwütend springe ich auf, stampfe aus der Küche und knalle meine Zimmertür hinter mir zu.

2. Kapitel

»Und die Sprachreisen sind auch schon alle ausgebucht?« Meine beste Freundin Leni versucht seit einer halben Stunde, mich am Telefon aufzubauen.

»Ja, wirklich nur das, was auf dieser Ergebnisliste angezeigt wird.« Wieder und wieder habe ich die Daten eingegeben, bin aber immer zum gleichen Resultat gekommen.

»Okay. Welche Möglichkeiten haben wir denn noch?«, überlegt Leni zum fünfundneunzigsten Mal. »Zu deiner Oma willst du nicht – das verstehe ich. Ach, warte mal, meine Mutter ist gerade nach Hause gekommen. Ich frage sie, ob wir dich nicht doch in den Urlaub mitnehmen können. Moment!«

Mein allerletzter Hoffnungsschimmer. Mit angewinkelten Beinen lehne ich an meinem Bettgestell und versuche zu lauschen, was Lenis Mutter sagt, kann aber nichts verstehen.

Nach endlosen Minuten ist Leni wieder am Apparat. Ihr Tonfall verrät sofort, dass es alles andere als gut aussieht. »Tja, meine Süße, das klappt leider nicht. Wir sind in diesem Hotel an der Nordsee, und da ist nur Platz für uns vier. Die Zimmer sind winzig, meine Eltern haben schon versucht, ein größeres Zimmer zu bekommen oder ein zweites nebenan, weil meine Tante für ein paar Tage vorbeikommen wollte. Aber es ist nichts zu machen, die sind dicht. Tut mir leid!«

Ich schlucke. Sagen kann ich gerade nichts.

»Tut mir ehrlich leid, Mara! Meine Mutter hat gesagt, dass du sonst wirklich immer bei uns mitfahren kannst. Aber sie müsste das eben vorher wissen, dann hätten sie irgendwas anderes gebucht.«

»Schon okay.« Es war ja auch völlig illusorisch zu glauben, dass das klappen könnte.

»Komm, lies noch mal die Beschreibungen der drei Camps vor!«, bittet Leni.

Niedergeschlagen klicke ich die jeweiligen Felder an. »Fußball kann ich mir ja wohl sparen, das mache ich auf gar keinen Fall. So, dann also das Angelcamp:

Petri Heil!

In unserem Angelcamp lernt ihr von erfahrenen Anglern alles, was für den Fischfang wichtig ist. Es gibt Workshops zu Themen wie Gewässer-, Köder- oder Fischkunde. Abends bereiten wir unsere Beute am Lagerfeuer zu und übernachten in selbst gebauten Tipis. Ganz besonderes Highlight ist wie jedes Jahr das Nachtangeln!«

Ich mache eine Pause. Stockend sagt Leni: »Tja, also, das klingt …«

»Richtig schlimm, sag's schon!« Ich spüre, wie mir die Wut den Nacken hochkriecht.

Am anderen Ende muss sich Leni das Lachen verkneifen. »Wenn ich mir vorstelle, wie du …« Jetzt kichert sie ungebremst los. »Na ja, wie du da stundenlang sitzt und eine Angel ins Wasser hältst. Und abends die Fische ausnimmst, ha, ha, ha, das ist urkomisch!« Sie kriegt sich fast nicht mehr ein.

Mir dagegen ist zum Weinen zumute. »Sehr komisch, echt. Ich kann keinem Tier etwas zuleide tun, du weißt das. Und ich esse nicht mal gerne Fisch!«

Nun bemüht sich meine beste Freundin um Beherrschung. »Lies doch mal das andere Camp vor.«

Ich atme tief durch. »Gut, aber nur, wenn du nicht wieder so blöd lachst.«

Ich kenne Leni genau und weiß, dass sie sich immer noch den Bauch hält vor Lachen. Aber immerhin gelingt es ihr, halbwegs normal zu klingen, als sie sagt: »Ich lache nicht mehr, ehrlich!« Vermutlich wischt sie sich im selben Moment noch die Lachtränen aus den Augen.

Genervt klicke ich nun die Beschreibung des Kanucamps an. Mit leiernder Stimme lese ich:

»*DAS Outdoor-Erlebnis!*

Dieses Camp ist genau das Richtige für Naturfreaks! Eine Woche lang lebt ihr unter freiem Himmel. Tagsüber paddelt ihr in Drei-Personen-Kanus zum nächsten Stopp an der Mecklenburgischen Seenplatte. Nachts schlaft ihr zu zweit oder dritt in Zelten und grillt Stockbrot über dem Lagerfeuer. Highlight wird die nächtliche Kanu-Fackeltour.«

»Ich finde, das klingt ganz nett!« Glücklicherweise hat Leni nun endgültig aufgehört, sich zu bekringeln. Aber mit ihrer Schönmalerei komme ich jetzt auch nicht klar.

»Nett? Ich finde, das klingt furchtbar. Den ganzen Tag auf dem Wasser unterwegs sein, abends unter freiem Himmel in Zelten schlafen – noch dazu mit Leuten, die ich nicht kenne. Ich bin einfach nicht der Campingtyp.« Wieder denke ich an das schöne spanische Hotel zurück, das mein Heim für zehn Tage hätte sein können. Wie flauschig die Betten da aussahen! Und jetzt soll ich auf dem harten Waldboden schlafen? Abgebrochene Fingernägel statt Maniküre? Stockbrot statt 5-Gänge-Menü? Gitarrenlieder singen, statt spanischen Animateuren beim Flamenco zuzusehen?

»Also, ich finde Campen toll.« Lenis Vater ist großer Outdoor-Fan und macht jedes Jahr eine kleine Abenteuertour mit seinen beiden Kindern. Dann unternehmen sie zusammen Radtouren, leihen sich ein Hausboot, zelten oder mieten sich in einen umgebauten Planwagen ein. Ich weiß ganz genau, dass Leni *kein* großer Fan dieser Ausflüge ist, weil die oft anstrengend und nicht immer gemütlich sind. Jedes Jahr versucht sie, zu Hause zu bleiben, aber ihr Vater besteht auf diesen gemeinsamen Tagen.

»Du weißt genauso gut wie ich, dass du lügst.«

Leni räuspert sich. »Nein, also, ja. *Toll* ist vielleicht nicht das richtige Wort, aber Camping ist echt okay. Das kann man locker eine Woche aushalten, wirklich. Da sind bestimmt auch ganz viele andere nette Leute.«

Ich rolle mit den Augen, aber das sieht Leni zum Glück nicht. »Ja klar, Loreley oder so.«

Wieder bricht meine Freundin in schallendes Gelächter aus, und diesmal muss ich mitlachen. Im ersten Schuljahr hatten wir ein Mädchen in der Klasse, deren Eltern absolute Ökos waren. Die haben in einem alten Bauwagen gewohnt und hatten beide Dreadlocks bis zum Hintern. Und die arme Loreley – ja, sie hieß wirklich so! – kam immer in kratzigen, selbst gestrickten Pullovern in die Schule und hatte statt Toast nur trockene Dinkelbrote und steinharte Hirsecracker im Jutebeutel dabei. Nach ein paar Monaten ist sie mit ihrer Familie in eine andere Stadt umgezogen und wir haben nie wieder etwas von Loreley gehört. Trotzdem steht ihr Name bei uns noch heute für Ökos jeder Art.

»Ich hole mir mal den Laptop, dann schaue ich mir die Camps selber an«, sagt Leni und ich höre nur noch ein Rascheln. Im Gegensatz zu mir hat Leni nur Zugriff auf den Familienlaptop.

»Wie heißt denn der Reiseanbieter?«, fragt sie kurz darauf.

»Away Jugendreisen«, antworte ich und höre, wie Leni auf der Tastatur rumklappert.

»Ah ja, und da ist ja auch schon das Kanucamp. He, du hast gar nicht gesagt, dass es da auch so viele Fotos gibt. Das sieht doch total cool aus.«

Nun schaue auch ich mir noch mal die Bilder an. Zwei Mädchen mit Zahnspange und dicken Sicherheitswesten sitzen im Kanu und grinsen, als hätten sie den größten Spaß ihres Lebens. Dann sind da noch Fotos von Leuten vor einem Lagerfeuer, ein Junge, der Gitarre spielt, zwei Jungs, die vor einem Zelt liegen. Und immer wieder Fotos von Kids in Kanus. Auf einem sind an die vierzig Leute, aufgeteilt auf mehrere Kanus, zu sehen und alle machen diesen dämlichen Dab. Also echt, wie peinlich!

»Es sind total viele Mädchen dabei, hast du das gesehen?« Leni versucht noch immer, mir das alles schmackhaft zu machen. »Und die sehen alle voll normal aus. Keine Loreley oder so!«

Auch wenn es mir schwerfällt, ich muss Leni rechtgeben. Die Leute sehen okay aus. »Aber wer weiß schon, ob das auch die echten Teilnehmer sind. Vielleicht sind die alle nur gecastet, weil der Reiseveranstalter die echten Camper nicht zeigen will. Weil es eben alles Ökos und Pfadfinder sind.«

»Ach, Süße. Ich glaube, du gehst da ganz schön pessimistisch ran. Es wird bestimmt toll. Und Urlaub mal so ganz alleine …« Ihre Stimme geht vielsagend in die Höhe.

»Mhm, alleine. Ja! Alleine zwischen Naturfreaks!«, schimpfe ich und werfe mein Tablet aufs Bett.

»Mara, jetzt stell dich nicht so an! Ich meinte natürlich ohne Eltern! Anschluss wirst du da schnell finden.« Leni schnalzt mit der Zunge.

Ich rappele mich hoch und gehe zu meinem Fenster. Mein Blick schweift über unsere hübsche Siedlung. Könnte nicht einer unserer Nachbarn ein Auge auf mich haben, während meine Mutter in London ist?

»Jetzt gib dir endlich einen Ruck!«, ermahnt mich Leni. »Du ziehst das einfach durch. Es bleibt dir doch gar nichts anderes übrig. Ich kann dir vorher noch ein paar Sachen übers Zelten erklären, dann stehst du nicht als totaler Neuling da. Vielleicht baut Papa ja mit uns auch noch mal probeweise das Zelt im Garten auf.«

Ich atme tief durch.

Und dann fasse ich den Entschluss, dass ich es allen zeigen werde! Eine Mara von Ottenthal lässt sich nicht unterkriegen und schafft auch ein Kanucamp, wenn es die einzige Alternative ist!

Kanu, oh Gott, eine Sache habe ich noch überhaupt nicht bedacht.

»Sag mal, du oberschlaue beste Freundin, und was mache ich da auf dem Wasser? Du weißt genau, dass ich seit der fünften Klasse Angst davor habe!«

Dank Herrn Völkner, übrigens, unserem damaligen Schwimmlehrer. Der hat uns mit seinen Tauchübungen so gequält, dass ich einmal fast ertrunken wäre. Seitdem meide ich tiefes Wasser, wo es nur geht. Schwimmen im Pool mit Boden unter den Füßen – kein Problem. Planschen im flachen Meer – sehr gerne. Paddelübungen auf einem coolen Surfboard – alles easy. Aber wie hoch ist die Wahrscheinlichkeit, dass so ein doofes Kanu mal kentert? Und zwar mitten auf einem tiefen See mit Algen und Schlingpflanzen? Prompt beginnt mein Herz panisch zu pochen.

Leni seufzt. »Alle tragen Schwimmwesten, das siehst du doch auf den Fotos. Und ich glaube nicht, dass du ins Wasser fallen wirst. Kanus sind doch saustabil.«

»Reine Mutmaßung! Oder hast du schon mal in einem Kanu gesessen?«

»Ähm, nö. Aber ich frage Papa, ja? Der hat da bestimmt ganz viele kluge Ratschläge auf Lager.«

Toll, ich kann's echt nicht erwarten …

3. Kapitel

»Was brauchst du denn nun alles?«, fragt Mom, als wir vor dem riesigen Outdoor-Geschäft stehen.

Ich werfe einen Blick auf mein Handy und lese vor: »Schlafsack, Isomatte, Campinggeschirr.«

Es ist wirklich passiert: Wir haben mich für das Kanucamp angemeldet und in einer Woche geht's los. Meine Mutter ist in den letzten Tagen sehr aufgeregt wegen des neuen Jobs und der Fortbildung. Allerdings ist sie positiv aufgeregt. Ich dagegen bin eher negativ aufgeregt. Immer wenn ich an das anstehende Camp denke, fängt mein Bauch an zu zwicken.

Wir betreten den Laden, und schlagartig habe ich das Gefühl, in einer völlig neuen, mir absolut fremden Welt zu sein. Was ist das hier alles bloß für ein Zeug?

Glücklicherweise ist der Laden gut ausgeschildert, und so finden wir recht schnell das Regal mit dem Campinggeschirr. Ratlos sehen wir uns an.

»Ähm, Entschuldigung!«, spricht meine Mutter kurzerhand einen Herrn an, der ein Regal weiter eingeschweißte Bücher sortiert. *Die 1000 schönsten Wanderrouten*, lese ich da. Oder *Die spannendsten Outdoor-Experimente für jedermann*. Und auch *Kochen am Lagerfeuer – einfach und schnell.* Wie sich dafür jemand begeistern kann, ist mir ein Rätsel.

Der Verkäufer jedenfalls ist sehr nett, legt die Survivalbücher beiseite und erklärt uns die Vorzüge der unterschiedlichen Campingutensilien. Wobei ich keine Ahnung habe, ob ich nun nur Teller, Becher und Besteck brauche oder eins von diesen Komplettsets mit integriertem Kochtopf. Der nette Verkäufer – Herr Bauer, wie ich seinem Namensschild entnehmen kann – zeigt uns alle möglichen Modelle von Vollplastik bis zum Bundeswehrgeschirr. Schließlich entscheide ich nach Preis. Wenn ich schon in dieses Ferienlager fahren muss, dann möchte ich zumindest bestmöglich ausgestattet sein. Also wähle ich Titan statt Aluminium plus ein edles Besteck – ebenfalls aus Titan und dreimal so teuer wie das einfache.

»Sehr gute Wahl«, bestätigt Herr Bauer zufrieden. »Brauchen Sie noch etwas?«

»Einen Schlafsack und eine Isomatte«, zählt meine Mutter auf. »Würden Sie uns da wohl auch noch kurz helfen können?«

Herr Bauer nickt gnädig und wittert wohl seine Chance, einen guten Umsatz mit uns Ahnungslosen machen zu können.

Also führt er uns ein paar Stufen hinauf in einen anderen Bereich des Geschäfts, in dem lauter Schlafsäcke in den Regalen hängen. Ich bin ehrlich überrascht, wie viel Geld man für so was ausgeben kann. Der teuerste Schlafsack, den ich sehe, kostet beinahe 1000 Euro! Das ist ein Polarrucksack, mit dem man auch bei minus 40 Grad nicht erfriert.

Du meine Güte! Wer begibt sich denn freiwillig in so eine Eiseskälte?!? Mir genügt ein Sommerschlafsack, und ich bin wirklich froh, dass Herr Bauer uns auch hier mit Rat und Tat zur Seite steht. Mom und ich wären verloren ohne den, echt!

»Das edelste Modell unter den Sommerschlafsäcken ist dieser hier.« Herr Bauer hält einen braunen Sack in die Höhe. Braun? Ehrlich? »Ultraleicht, keine 300 Gramm und ein minimales Packmaß.«

In der Tasche meiner Mutter klingelt ihr Handy. Hektisch zieht sie es hervor. »Oh, da muss ich rangehen, tut mir leid! Können Sie uns einfach einen empfehlen, bitte? Wir verlassen uns da voll und ganz auf Ihre Erfahrung.« Sie nickt uns aufmunternd zu, geht dann ein Stück beiseite und nimmt das Gespräch an.

Herr Bauer fühlt sich geschmeichelt. Prompt beginnt er zwischen den Schlafsäcken zu wühlen.

»Aber bitte kein braunen, wenn's geht«, füge ich höflich, aber bestimmt hinzu. Herr Bauer nickt kurz und befördert dann zunächst einen grauen und anschließend einen mintfarbenen Schlafsack hervor. Ohne auf weitere Erklärungen zu warten, entscheide ich mich für mintgrün.

»Oh ja, das ist ein sehr hübsches Modell«, sagt Herr Bauer zögernd. »Der andere wäre allerdings etwas günstiger.«

Rasch schaue ich auf das Preisschild. 299 Euro – also, ich finde, das ist ein Schnäppchen!

»Das passt schon«, antworte ich und lächle dankbar. »Jetzt noch eine Isomatte.«

Der nette Herr Bauer nickt und zieht mich in den nächsten

Gang. »Tja, da haben wir die einfachen Matten aus Schaumstoff ohne viel Schnickschnack für knapp unter 20 Euro. Und dann haben wir hier die Modelle zum Aufblasen und daneben natürlich auch die *selbst*aufblasenden Matten – die liegen bei etwa 200 Euro pro Stück. Hier haben wir auch verschiedene Formen – normal, Mumie und Alpin. Und je nach R-Wert …«

»Äh, schon gut«, unterbreche ich ihn. Das ist mir alles echt zu kompliziert! »Also, ich fahre nächste Woche zum Campen aufs Land, was würden *Sie* denn da mitnehmen?«

Unentschlossen wiegt Herr Bauer den Kopf hin und her. »Tja, eine einfache würde vielleicht reichen. Ansonsten bin ich persönlich sehr begeistert von dieser selbstaufblasenden Matte hier.« Er deutet auf ein schwarz-rotes Modell. »Klein, leicht und innerhalb weniger Minuten ist sie vollständig aufgeblasen. Und der Schlafkomfort ist wirklich sehr hoch.«

Ich nicke, schaue mir das gute Teil an und beschließe, Herrn Bauers Rat zu folgen. Also klemme ich mir die zusammengerollte Matte unter den Arm und sehe ihn forschend an. »Brauche ich noch was zum Campen? Ich fahre in so ein Ferienlager, wissen Sie«, sage ich mit Seitenblick auf meine Mutter, die noch immer telefoniert.

»Hm«, überlegt er. »Tja, da gäbe es gewiss noch einiges. Sonnenschutzkleidung, eine Lampe vielleicht, ein Taschenmesser? Du hast bestimmt ein Handy, oder?«

Ich nicke und Herr Bauer führt mich nun noch einmal durch den kompletten Laden. Bald muss er mir beim Tragen helfen, denn ich nehme eine wasserdichte Hülle für mein Handy, ein aufblasbares Reisekissen und zwei Mikrofaser-Handtücher, die superleicht sind und extrem schnell trocknen. Die Messer lasse ich im Regal liegen, die brauche ich bestimmt nicht. Aber eine Taschenlampe muss sein, klar! Und ein Solarladegerät fürs Handy auch.

Als Mom ihr Gespräch beendet hat und wieder zu uns kommt, bleibt ihr der Mund offen stehen, als sie uns sieht – beide bepackt bis unters Kinn.

»Und wo tue ich das alles rein?«, frage ich nun in die Runde.

»Die Rucksäcke befinden sich im Kassenbereich. Da ist auch unsere Abteilung für Outdoor-Schuhe. Hast du festes Schuhwerk für deine Reise?« Herr Bauer ist echt toll – woran der alles denkt! Ich schüttele den Kopf und eine Viertelstunde später haben wir auch einen Rucksack und Schuhe ausgesucht. Dann verabschieden wir uns überschwänglich und gehen zur Kasse.

»Du meine Güte!« Mom hat hektische rote Flecken am Hals. »So viel?« Während ich alles auf das Band lege, versucht sie zu überschlagen, was unser Einkauf kosten wird.

»Tja«, ich zucke mit den Schultern. »So ist das halt, wenn man zum allerersten Mal zelten geht.«

Mom beäugt noch immer kritisch meine Einkäufe und hält dann die Schuhe in die Höhe. »Die brauchst du nicht wirklich, oder? Du sitzt doch die ganze Zeit im Kanu, da reichen sicher Turnschuhe.«

Ich nicke ergeben. Aber als der Einkauf dann tatsächlich knapp 1000 Euro kostet, habe ich schon ein schlechtes Gewissen. Aber andererseits – was kann ich dafür?

4. Kapitel

»Mann, hast du viel Kram gekauft!« Leni sitzt neben mir in meinem Zimmer. Wir sind umgeben von all meinen neu erstandenen Campingutensilien. Morgen wird sie mit ihren Eltern an die Nordsee aufbrechen, und wir haben es natürlich nicht geschafft, vorher mit ihrem Vater zusammen probehalber ein Zelt aufzubauen. Das macht mir echt schlechte Laune und ich fühle mich ein wenig im Stich gelassen.

»Hmpf«, mache ich nur.

»Bist du immer noch beleidigt, weil wir das mit dem Zelt nicht geübt haben?« Leni legt den Kopf schief.

»Ich blamiere mich in diesem Camp doch total. Ich weiß nichts darüber, gar nichts, nicht ein klitzekleines bisschen!« Meine Verzweiflung überlagert allmählich meine Wut.

»Kannst du mir nicht wenigstens beschreiben, wie das geht?«

Leni springt auf. »Klar, also, jedes Zelt hat diese Stangen, die muss man ineinanderstecken.« Sie fuchtelt mit ihren Armen durch die Luft. »Und dann die Zeltplane selbst. Die musst du zu einem großen Viereck ausbreiten, dann schiebst du die Stangen in die Öffnungen. Das ist manchmal ganz schön fummelig, da braucht man ein bisschen Geduld. Die

Stangen ergeben dann in der Mitte ein Kreuz. Und wenn du die am Ende in die Ösen an den Ecken steckst, stellt sich das Zelt eigentlich ganz von alleine auf.« Leni grinst mich zuversichtlich an. »Dann befestigst du das Zelt noch mit den Heringen im Boden, und fertig!«

Ob ich das alles wirklich verstanden habe, weiß ich nicht. Und vor allem, ob ich mir das merken kann, bis ich nächste Woche im Camp bin? Mein Bauch grummelt schon wieder.

»Na, und wenn das Zelt steht, legst du deine Isomatte rein, Schlafsack drauf und den anderen Kram drum herum.« Leni schnappt sich die Isomatte, zieht sie aus der Hülle und breitet sie vor meinem Bett aus. »Hm, damit kenne ich mich nicht aus, wir haben nur ganz einfache Matten.« Sie studiert das Zettelchen, das in einer kleinen Tasche der Hülle liegt. »Auf der Anleitung steht, dass man die jetzt eine Viertelstunde liegen lassen muss, bevor man sich drauflegt.« Sie schraubt an einem Ventil herum und es zischt laut. »Aha, das klingt gut. Das lassen wir jetzt einfach so liegen.«

Nun rollt sie den Schlafsack auseinander, krabbelt rein und tut so, als würde sie supergemütlich schlafen. Ich muss lachen.

»Komm, jetzt du!« Nun klettert sie wieder aus dem Schlafsack und ich hinein. Während ich da also liege, kramt Leni durch die anderen Sachen aus dem Outdoor-Geschäft.

»Die Lampe kannst du oben an das Kreuz vom Zelt hängen. Oder einfach neben dich stellen.« Sie tut so, als würde sie meine Campingleuchte über meinem Kopf anhängen. Dann stellt sie sie auf den Boden und begutachtet das Preisschild von meinem aufblasbaren Kissen. »Meine Güte, von allem nur das Beste, was? So teuer wie dieses Kissen hier war nicht mal mein Schlafsack! Und herrje, was ist das?« Es ist nicht zu übersehen, dass Leni meinen Einkauf ein wenig übertrieben findet. Mir egal, ich möchte bestens ausgestattet sein und mich zumindest mit meiner Ausrüstung nicht blamieren.

Ich räuspere mich. »Ein Solarladegerät für mein Handy.«

Leni schüttelt den Kopf. »Und auch noch eine sauteure Handytasche. Mara, Mara, da hast du aber zugeschlagen!« Nun lacht sie.

»Meinst du, ich hab alles, was ich brauche?«, frage ich unsicher.

»Mehr als das, Süße, ehrlich!« Leni zwinkert mir zu.

»Und gibt es noch was, worauf ich achten muss?« Langsam klettere ich aus meinem Schlafsack und versuche ihn so zusammenzurollen, dass er wieder in den dafür vorgesehenen Beutel passt. Das klappt natürlich nicht.

Leni eilt mir zu Hilfe, faltet den Schlafsack gekonnt zusammen und rollt ihn dann ganz fest und vor allem richtig klein, sodass wir das Ungetüm wieder verstauen können.

»Das mit dem Schlafsack solltest du noch mal üben«, sagt sie mit schiefem Mund. »Tja, und sonst? Ach, ich glaube nicht. Die werden euch ja auch Sachen zeigen und erklären. Die erwarten doch nicht wirklich, dass alle Campingprofis sind, oder?«

Nun wende ich mich der Isomatte zu, die ja auch irgendwann wieder in ein handliches Format gebracht werden will. »Ich hab keine Ahnung, was die da erwarten.«

»Jetzt sei mal nicht so negativ! Das wird bestimmt nett,

ich bin mir ganz sicher! Wenn du aber mit so einer miesen Laune da aufkreuzt, dann kann das nicht klappen.«

Irgendwie gelingt es uns eine halbe Stunde später, auch die Isomatte wieder zu entlüften und in ihre Tasche zurückzuschieben. Wie ich das alles jeden Tag alleine machen soll, ist mir wirklich ein Rätsel.

Leni klopft mir aufmunternd auf die Schultern. »Wir telefonieren einfach jeden Tag, okay?«

»Wir werden mehr telefonieren, als dir lieb ist, wart's ab! Da werden sich deine Eltern noch wünschen, sie hätten mich mitgenommen, so oft werde ich anrufen.«

Leni drückt mich fest an sich. »Ruf an, sooft du magst. Ich muss jetzt los.«

Ich begleite sie zur Tür und fühle mich ganz schwer. Jetzt, wo Leni wegfährt, rückt das Camp in greifbare Nähe – nur noch drei Tage!

»Wenn wir wieder da sind, geht's in die Tennisschule, also Kopf hoch!« Noch einmal drückt Leni mich an sich, dann winkt sie und geht.

5. Kapitel

»Bist du sicher, dass du alles eingepackt hast?« Wir stehen vor Moms Auto und sie kramt nervös in ihrer Handtasche nach dem Schlüssel.

Den ganzen Morgen rennt sie schon wie ein aufgeschrecktes Huhn hin und her. Es scheint so, als wäre sie aufgeregter als ich. Zum einen bestimmt wegen ihrer bevorstehenden Reise nach London. Nachdem sie mich am Busbahnhof abgesetzt hat, fährt sie nämlich gleich weiter zum Flughafen. Aber sie ist sicher genauso nervös, weil ich zum ersten Mal alleine wegfahre. Also, Klassenfahrten, ja, gut. Da kannte sie ja alle Kinder und vor allem die Lehrer. Aber nun schickt sie mich das erste Mal alleine in die totale Fremde. Schluck. Ich bin auch aufgeregt. Sehr sogar. Aber ich lasse es mir nicht anmerken.

»Ja, ich denke, ich hab alles, danke.«

Endlich hat sie den Schlüssel gefunden und öffnet das Auto. Ich werfe meinen Rucksack in den Kofferraum und steige dann vorne ein. Mom legt mir eine Hand auf den Oberschenkel und sieht mich lange an. »Ach, mein großes, großes Mädchen.«

Ich könnte schwören, dass da eine Träne in ihrem Augenwinkel glitzert.

»Ist schon gut.« Ich kann Sentimentalität jetzt nicht ab. Mein Herz ist eh schon so schwer und mein Hals zieht sich immer enger zusammen. Wenn Mom mich jetzt auch noch so ansieht, möchte ich am liebsten losheulen. Aber das geht natürlich gar nicht. Also drehe ich mich weg und warte, dass sie endlich losfährt.

Zum Busbahnhof ist es nicht weit. Schon aus der Entfernung erkenne ich einen Bus mit der neongrünen Aufschrift des Reiseanbieters. Davor tummeln sich Kinder und Jugendliche, Eltern und kleine Geschwister.

Schnell parkt Mom auf dem Parkplatz des Busbahnhofs ein. Mein Herz rast wie verrückt, während ich meinen Rucksack schultere. Vielleicht sehe ich ja schon beim Einsteigen jemand, der nett aussieht, versuche ich mich selbst zu beruhigen. Jemand, mit dem ich mich anfreunden kann. Dann wäre alles gut.

Vielleicht, und bei dem Gedanken wird mir gleich wieder ganz übel, finde ich niemand, mit dem ich mich gut verstehe. Wieder muss ich an Loreley denken. Und an Leni, die jetzt mit ihrer Familie am Meer ist, die Glückliche! Ich atme tief durch und laufe auf die Gruppe zu.

Das Erste, was mir auffällt, ist, dass die wenigsten hier klassische Trekking-Rucksäcke bei sich haben. Viele haben so komische Plastikrollen oder Vollplastikrucksäcke dabei. Vermutlich zu hundert Prozent wasserfest, denke ich schlagartig. Mist! Das macht total viel Sinn.

Habe ich denn dem Herrn Bauer vom Outdoor-Geschäft gar nicht gesagt, dass ich auf dem Wasser unterwegs sein werde? Oh nein! Er hätte mir bestimmt irgendein supertolles Teil empfohlen. Jetzt stehe ich hier mit meinem Rucksack, der zwar sauteuer und hypermodern, aber für Seen und Flüsse unbrauchbar ist, weil null wasserfest.

Ich atme ganz tief ein und wieder aus. Mara, lass dir nichts anmerken, alles ist gut, rede ich mir selbst zu. Ich recke mein Kinn in die Höhe und betrachte nun erst mal die anderen Leute. Das Camp ist für Kinder von zehn bis fünfzehn Jahren, ich bin also genau in der Mitte. In dem Getümmel kann ich kaum ausmachen, wer Camp-Teilnehmer ist und wer nur Angehöriger. Gut. Ich schlucke. Dann werde ich, wenn wir alle im Bus sitzen, noch mal die Augen offen halten. Außerdem kommt ein zweiter Reisebus aus dem Norden, soweit ich weiß. Da können also auch noch nette Leute dabei sein.

Mom hat sich derweil an einen jungen Mann mit neongrünem T-Shirt und Klemmbrett gewandt.

»Von Ottenthal, hallo. Meine Tochter fährt hier mit«, erklärt sie gerade und fängt schon wieder an, in ihrer Tasche zu wühlen. Vermutlich nach der ausgedruckten Buchungsbestätigung.

Doch der Mann von Away-Reisen nickt schon und macht einen Vermerk auf seiner Liste. »Hallo Mara! Ich bin Martin. Toll, dass du da bist!« Er lächelt mich an. »Das Gepäck kannst du unserem Fahrer geben und dir dann im Bus einen Platz suchen. Da wartet schon meine Kollegin Nana auf euch. Wir fahren in zehn Minuten ab. Falls du also noch mal auf die Toilette möchtest …« Mit seinem Kugelschreiber deutet er auf das hässliche Bahnhofsgebäude hinter uns. Ich winke dankend ab.

»Die Fahrt dauert auch nicht lang. Es sind ja nur anderthalb Stunden.« Nun hebt er die Klammer seines Klemmbretts hoch und zieht ein Papier heraus. »Schau mal, hier ist der Tagesablauf für die nächsten Tage. Das kannst du dir schon mal durchlesen.«

Ich nehme den Zettel entgegen und überfliege das Programm. Heute wird für zwei Nächte das Basiscamp bezogen und es gibt Kennenlernspiele. Schluck! Kennenlernspiele können ja wirklich peinlich sein. Nun gut. Abends gibt's dann Stockbrot und Lagerfeuer. Und morgen geht es richtig los mit Workshops wie Kanutrockenübungen, einem Vortrag über die Region und dem Anpaddeln mit anschließendem Aufteilen in die Gruppen. Am Mittwoch starten dann die Touren.

»Alles klar, danke.«

Martin sieht mir wohl an, dass sich meine Vorfreude in Grenzen hält. Aufmunternd tätschelt er meine Schulter. »Du wirst eine super Zeit haben, keine Sorge. Und am Ende willst du gar nicht mehr nach Hause.« Und dann lächelt er mich so fröhlich an, dass es mir wirklich gleich ein wenig besser geht. Vielleicht wird er ja der Betreuer meiner Gruppe. Das wäre toll.

Hinter uns steht schon die nächste Familie, also erklärt Martin nur noch kurz: »Gepäck zum Fahrer, dann zu Nana und ab dem Starten des Motors nur noch Spaß haben, okay?« Er zwinkert mir zu. »Bis gleich!«

Dankbar lächele ich zurück. Das war zumindest ein sehr netter Empfang. Meine Laune hebt sich etwas. Und so kann ich auch über den muffeligen Busfahrer hinwegsehen, der meinen Rucksack genervt im Gepäckraum verstaut. Immerhin sehe ich, dass da zumindest noch ein anderer Trekking-Rucksack liegt. Also bin ich nicht die einzige Blöde.

Nun steuern Mom und ich auf die Tür des Busses zu. Dort steht eine junge Frau, bei deren Anblick ich sofort grinsen muss, denn sie versprüht nichts als gute Laune. »Hallo, ich bin Nana«, begrüßt sie uns.

Sie hat dunkle Haut, wilde und vor allem quietschbunte Dreadlocks auf dem Kopf und trägt ebenso bunte Klamotten. Um den Hals und um ihr Handgelenk klimpern lauter Ketten und in den Ohren hängen riesige Holzkreolen. Ich mag sie auf Anhieb. Und so fällt mir auch der Abschied von Mom gar nicht schwer. Denn wenn alle Betreuer hier so sind wie Martin und Nana, muss es doch ganz nett werden.

»Tja, ich steig dann mal ein, ja?«

Mom nickt und drückt mich fest an sich. »Ich wünsche dir ganz viel Spaß! Es wird bestimmt eine aufregende Zeit. Melde dich, wenn ihr angekommen seid, ja? Da bin ich zwar noch im Flugzeug, aber …«

»Schon gut, mach ich! Und dir viel Erfolg in London. Hoffentlich sind alle nett zu dir.«

Mom strahlt mich an. »Danke. Auch dafür, dass du das hier mitmachst.« Noch einmal umarmen wir uns ganz fest, dann steige ich in den Bus ein.

Nana kommt lachend auf mich zu. »Wie heißt du denn?«, fragt sie mich. Sie hat einen breiten amerikanischen Akzent.

»Mara von Ottenthal.«

Nun prüft auch Nana ihre Liste und nickt dann. »Cool, dass du dabei bist. Setz dir einfach, wohin du willst. Freie

Platzwahl.« Wieder lacht sie so fröhlich, dass es einfach nur ansteckend ist.

Beschwingt gehe ich weiter. Hier und da sitzen schon ein paar Leute in den Busreihen. Ich möchte mich nicht neben jemand anderes setzen, also schiebe ich mich in eine Reihe hinter zwei Jungs, die ungefähr mein Alter haben. Dann winke ich Mom noch mal aus dem Fenster zu und gebe ihr ein Zeichen, dass sie jetzt gehen soll. Sie wirft mir noch eine Kusshand zu und dreht dann ab.

Ich atme tief durch, lehne mich zurück und schließe für einen Moment die Augen. So, denke ich, nun gibt es kein Entkommen mehr. Irgendwie muss und werde ich diese Woche überstehen. Gleich werde ich mich im Bus nach jemand umschauen, der nett aussieht, und dann wird das alles schon.

»Hallo!«, einer der beiden Jungen, die in der Reihe vor mir sitzen, dreht sich um. »Ich bin Konrad, und du?«

Verlegen kratze ich mich hinter meinem Ohr. »Ich bin Mara.«

»Hallo Mara!« Konrad grinst. »Und das hier«, nun deutet er auf seinen Kumpel, »ist Christian.«

Christian dreht sich um und hebt lässig seine Hand.

»Das ist jetzt wohl nicht dein Ernst!«, blökt es da auf einmal. Vor mir steht ein rothaariges Mädchen und stemmt die Hände in die Seiten. Ihre grünen Augen funkeln mich hinter ihrer schwarzen Brille bitterböse an. Ich bin zu perplex, um etwas zu sagen, und verstehe auch gar nicht, was hier gerade los ist. Aber schon faucht sie mich wieder an: »Siehst du denn nicht, dass hier schon besetzt ist?«

Ratlos schaue ich mich um. »Ähm, ehrlich gesagt sehe ich das nicht, nein.«

Nun rollt die Rothaarige genervt mit den Augen. Sie dreht sich kurz zu dem Mädchen um, das direkt hinter ihr steht, und schüttelt den Kopf. Vermutlich sind die beiden Freundinnen.

»Und wieso …«, nun deutet sie mit spitzen Fingern auf eine Wasserflasche, die im Gepäcknetz vor mir klemmt, »hab ich dann wohl mein Wasser hier deponiert, hm?«

Die Flasche ist mir gar nicht aufgefallen. Selbst wenn, hätte ich sie wohl für ein Überbleibsel und nicht für einen Platzhalter gehalten. Doch vor mir steht dieses puterrote Mädchen und stemmt die Arme in die Seiten. Ich kann nicht anders, ich muss lachen, so albern ist ihr Auftritt. »Ehrlich? Machst du das in Hotels auch so? Morgens schon vor dem Frühstück die Liegen am Pool mit Handtüchern blockieren?«

Doch dieses Mädchen hier versteht keinen Spaß. Sie wird fuchsteufelswild. »Was ich mache, geht dich überhaupt nichts an! Das hier ist mein Platz, also verzieh dich!«

Die Kinder, die schon im Bus sitzen, haben sich zu uns umgedreht und verfolgen gespannt das Schauspiel. Eigentlich ist mir das alles ein wenig peinlich, aber irgendwie möchte ich wegen dieser Ziege jetzt auch nicht klein beigeben. Also nehme ich ihre dämliche Flasche und halte sie ihr vor die Nase. »Hier, bitte schön. Es sind ja noch genügend andere Plätze frei.«

Nun greift Konrad ein. »Mädels, jetzt regt euch mal ab. Ist doch nur ein Sitzplatz!«

»*Ich* möchte aber hier sitzen!«, schnaubt die Rothaarige.

Endlich hat auch Nana mitbekommen, dass es hier ein Problem gibt. Sie kommt zu uns und fragt mit zusammengezogenen Augenbrauen: »Alles klar hier?«

Die Rothaarige dreht sich zu ihr um. »Nein. Die hier hat uns unsere Sitzreihe geklaut!«

»Ich hab mich einfach auf einen freien Platz gesetzt«, erkläre ich, doch Nana hebt schon abwehrend die Hände.

»Girls, bitte kein Stress schon vor die Abreise. Den verkrafte ich nicht.« Nun deutet sie auf eine Reihe schräg vor mir. »Ihr zwei setzt euch hier, und du bleibst, wo du bist, okay? Alles total easy!« Sie grinst breit, zieht die beiden ein Stück zurück und schiebt sie auf ihre neuen Plätze. Noch einmal wirft die Rothaarige mir einen bitterbösen Blick zu, dann wendet sie sich an Konrad und Christian.

»Hi, ich bin übrigens Leonie!« Sie blinzelt und macht plötzlich auf ganz liebes Rehlein. »Und meine Freundin heißt Lisa.«

»Hallo«, antwortet Konrad knapp.

Dann höre ich dem Geplänkel nicht mehr zu. Na, das war ja ein toller Start.

6. Kapitel

Die Fahrt vergeht schnell. Zum Glück. Immer wieder wirft mir Leonie böse Blicke zu. Sie hat die beiden Jungs noch eine Weile in ein Gespräch verwickelt, aber das verfolge ich nicht. Kurz lausche ich der Begrüßung von Martin und Nana über den Lautsprecher. Dann schalten sie Clubmusik an, die wohl für gute Laune sorgen soll. Klappt bei mir nicht wirklich. Stattdessen schaue ich aus dem Fenster und hänge meinen Gedanken nach.

Irgendwann nicke ich kurz ein und werde erst wieder wach, als Nana die nächste Durchsage macht: »Hey peeps, wir sind gleich da. Heute und morgen bleiben wir hier in unsere Basiscamp. Martin und ich zeigen euch gleich die Camp und teilen euch auf die Zimmer auf. Bitte holt eure bags und wartet dann vor die Eingangstür.«

Schlaftrunken reibe ich mir die Augen und schaue aus dem Fenster. Kurz darauf fahren wir durch eine Toreinfahrt auf ein Gelände, das wohl besagtes Basiscamp sein muss. Vor einem hässlichen, kaffeebraunen Flachbau kommt der Bus zum Stehen. Mit dem Aussteigen lasse ich mir Zeit. Leonie und ihre Freundin Lisa hingegen springen sofort auf, plappern wieder fröhlich mit Konrad und Christian und schieben sich dann schnell hinaus. Hoffentlich komme ich mit den beiden nicht auf ein Zimmer!

Als eine der Letzten steige ich aus, hole meinen Rucksack und stelle mich zu den anderen vor die Eingangstür.

Martin hat nun das Wort ergriffen: »Noch mal herzlich willkommen bei unserem Kanucamp! Wir freuen uns riesig auf die Woche mit euch allen. In einer halben Stunde sollte der zweite Bus mit den restlichen Teilnehmern hier sein. Chris ist schon da, den treffen wir sicher gleich.« Nun öffnet Martin die Eingangstür und betritt das Haus. Wir folgen ihm. Das Haus ist dunkel und einfach, wie die Jugendherberge bei unserer letzten Klassenfahrt im Harz.

»Im Erdgeschoss sind die Küche und der Speisesaal«, erklärt Martin weiter. »Solange wir hier sind, braucht ihr nicht selber zu kochen, das macht Frau Ratzkow für uns. Zwei, drei von euch müssen ihr immer ein wenig zur Hand gehen beim Geschirrausteilen und beim Abwasch, aber den Großteil übernimmt sie.«

Keine Ahnung, wer Frau Ratzkow ist, aber solange sie kocht, ist alles gut.

»Außerdem sind hier unten noch die Duschräume. Toiletten gibt es oben auch noch mal, aber duschen müsst ihr im Erdgeschoss. Drei Zimmer sind hier, die restlichen oben. Lasst mal euer Gepäck stehen, das holen wir gleich.«

Sorgsam stelle ich meinen Rucksack und die zusammengerollte Isomatte an der Wand ab. Nun führt Martin uns durch den Speisesaal hinaus auf eine Terrasse.

»Wow«, sagt jemand.

»Cool«, ein anderer.

Und auch mir bleibt kurz der Mund offen stehen. Das Haus wirkt so hässlich und düster, dass ich mit diesem Ausblick auf der Rückseite nicht gerechnet hätte.

Vor uns befindet sich eine riesige Wiese, direkt dahinter eine Badestelle an einem zauberhaften See. Ich sehe, dass auf der linken Seite des Ufers zehn oder fünfzehn schwarze Kanus aufgereiht liegen. Ein langer Steg führt ins Wasser und der See selbst ist riesengroß und knallblau.

Martin scheint sich zu freuen, dass uns der Anblick gefällt. Er dreht sich grinsend zu uns um und fährt fort: »Ja, das hier wird erst mal unser Basiscamp sein. Das Wetter wird super diese Woche, darum können wir die ganze Zeit draußen sein. Hier machen wir heute noch ein paar Spiele und abends ein Lagerfeuer. Morgen finden hier dann unsere Workshops statt. Ihr werdet morgen Nachmittag in die Gruppen eingeteilt.« Er hebt vier Finger in die Luft und zählt daran ab: »Libellen, Kraniche, Salamander und Mücken.«

Ein paar kleine Lacher hier und da, doch Martin lässt sich nicht aus dem Konzept bringen. »Wir werden schauen, dass die Gruppen altersmäßig gut zusammenpassen, aber auch, dass ihr vom Fitnessstand her ungefähr auf einem Level seid. Es gibt lange und kürzere Touren, da muss die Zusammenstellung passen. Und eins vorweg: Die Zimmeraufteilung für die nächsten zwei Nächte erfahrt ihr gleich, und die hat mit der Gruppeneinteilung nichts zu tun, okay? Wir versuchen aber natürlich, dass Freunde und Geschwister zusammenbleiben.«

Ich sehe, wie Leonie und Lisa sich kichernd angucken

und aneinanderdrücken. Wie gerne wäre ich auch mit einer Freundin hier. Ich lasse meinen Blick über die Truppe streifen, sehe aber niemanden, mit dem ich mich anfreunden könnte. Viele Jungs, zwei kleine Mädchen, die Zicken Leonie und Lisa. Ich seufze. Na, abwarten. Ich hoffe auf den zweiten Bus.

»So, und nun zeige ich euch die Zimmer.«

Wir gehen wieder ins Haus, und ich achte die ganze Zeit darauf, dass ich Leonie und Lisa nicht zu nahe komme.

Vor der Eingangstür bleiben wir wieder stehen. »In den Zimmern hier unten sind drei Betreuer untergebracht und sechs Kinder. Konrad, Christian, ihr seid in Zimmer 3. Die anderen Kids kommen gleich dazu. Nana zeigt euch das Zimmer.«

Leonie zieht eine Schnute. Ich vermute, dass sie auf einen der beiden ein Auge geworfen hat. Die Jungs und Nana gehen den dunklen Gang entlang, wir anderen folgen Martin die Treppe hinauf. Mein Herz beginnt zu klopfen, und ich schicke Stoßgebete zum Himmel, dass ich nicht mit der Oberzicke auf ein Zimmer komme.

Drei Jungs in Zimmer 4, die zwei kleineren Mädchen in Zimmer 5. Zwei Jungs in Zimmer 6, Betreuer in Zimmer 7. Mein Herz klopft immer wilder. Nun sind nur noch sechs Leute übrig. Drei Jungs gehen auf das Zimmer 8. Jetzt sind nur noch Leonie, Lisa und ich übrig. Das darf doch wohl nicht wahr sein! Leonie und ich funkeln uns an. Klar, sie will genauso wenig wie ich, dass wir zwei Nächte zusammen verbringen müssen.

»Leonie und Lisa, ihr seid in Zimmer 9«, fährt Martin

fort. »Und du, Mara …« Poch, poch, poch macht mein Herz. »Du bist in Zimmer 10. Da kommen gleich noch zwei Mädels dazu.«

Ich atme auf. Lachend hakt Leonie sich bei Lisa ein und zieht sie zur Tür von Zimmer 9.

Martin ruft laut, damit alle es hören: »Ihr müsst eure Betten beziehen und könnt ein wenig auspacken. Wir treffen uns um 15 Uhr auf der Wiese. Bis dahin ist dann auch der andere Bus da, okay?«

»Jupp!«

»Alles klar!«

»Yo!«

Martin reckt einen Daumen in die Höhe. »Ihr könnt natürlich auch schon vorher runterkommen. Der See ist herrlich. Hat die perfekte Temperatur für eine kleine Abkühlung.«

Er winkt uns zu und dann verziehen sich alle in ihre Zimmer. Auch ich schultere meinen Rucksack und beziehe die 10. Ein schmuckloser Raum mit zwei hölzernen Doppelstockbetten. Da ich die Erste bin, werfe ich meine Sachen auf das untere Bett neben dem Fenster und setze mich matt auf die Kante. Puh, erst mal Glück gehabt. Mal sehen, wer nachher hier noch einzieht, aber solange es nicht Leonie ist, kann es kaum schlimmer werden.

Von nebenan höre ich lautes Gekicher. Leonie und Lisa haben riesigen Spaß. Ich seufze, packe meine Sachen aus und beziehe das Bett. Dann schicke ich Nachrichten an Mom und an Leni, die mir prompt antworten. Mom ist am Flughafen kurz vor dem Boarding, Lisa liegt am Strand. Verdammt, fühle ich mich einsam!

7. Kapitel

Gut eine halbe Stunde später springt die Tür auf und ein zierliches dunkelblondes Mädchen stürmt in den Raum.

»Hi!«, grüßt sie fröhlich und ich atme auf. Die sieht auf den ersten Blick richtig nett aus!

»Hallo! Ich bin Mara und du?« Rasch erhebe ich mich und halte ihr die Hand entgegen.

»Josy!« Sie drückt meine Hand fest. »Also, eigentlich Josephine, aber so nennt mich kein Mensch.« Sie lacht und entblößt dabei ihre schneeweißen Zähne. Josy ist richtig hübsch.

»Alles klar … Josy! Ich hab das Bett hier genommen, ich hoffe, das ist okay.«

Josy winkt ab. »Na klar! Mir ist alles recht.« Sie wirft ihre – natürlich – wasserfeste Tasche auf das untere Bett neben meinem. »Wir sind ja auch nur zwei Tage hier.«

»Wer kommt denn noch in unser Zimmer?«, frage ich und schaue über ihre Schulter hinweg durch die offene Tür, aber da steht niemand.

»Keiner«, antwortet Josy und ihre blauen Augen strahlen dabei richtig. »Wir sind hier nur zu zweit, hat Sebastian gesagt.«

»Ach?«, mache ich verwundert.

Josy zuckt mit den Schultern. »Ein Mädchen ist kurzfristig krank geworden. Hat sich den Arm gebrochen oder so.«

»Oh, die Arme.« Hätte ich mir nicht auch den Arm brechen können?, denke ich und fühle mich gleich ganz schlecht bei so einem fiesen Gedanken.

»Ist Sebastian einer der Betreuer?«, frage ich nun und Josy nickt und rollt die Augen.

»Das ist ein komischer Vogel, Mannomann. Voll der Öko. Aber Annett, die andere Betreuerin, war supercool. Zu der würde ich gerne in die Gruppe kommen. Die ist lustig und einfach gut drauf. Wie waren denn die Betreuer, die bei euch im Bus dabei waren?«

»Uns haben Martin und Nana begleitet – beide auch total nett. Vor allem Nana! Gute Laune pur. Und dann gibt es wohl noch einen Chris, aber den hab ich noch nicht kennengelernt.«

Josy legt den Kopf schief. »Hm, klingt ja erst mal gar nicht so schlecht. Wir treffen die ja gleich alle, dann schauen wir sie uns noch mal an.« Nun verzieht sie den Mund zu einer Schnute und legt den Kopf schief, sodass ihr dickes Haar über ihre Schulter fällt. »Aber sag mal … Jungs? Waren bei dir im Bus ein paar brauchbare Exemplare dabei?«

Ich muss losprusten. »Ich weiß nicht so genau. Ich hatte im Bus gleich Stress mit einem Mädchen. Das hat mir so sehr die Laune vermiest, da hatte ich gar keine Lust mehr, mir die anderen Leute anzusehen. Zwei Jungs waren ganz nett – Christian und Konrad. Aber die hat besagtes Mädchen wohl schon für sich gepachtet.«

Josy sieht mich entsetzt an. »Na, die musst du mir nachher mal zeigen. In meinem Bus waren zwei süße Typen dabei. Zeige ich dir auch.« Sie kichert. Als sie merkt, dass ich ein wenig verhalten bin, fragt sie: »Oder hast du zu Hause einen Freund?«

Hektisch schüttele ich den Kopf. Um Himmels willen, ich hatte noch nie einen Freund und fühle mich auch gar nicht bereit dafür. Aber Josy, die womöglich auch etwas älter ist als ich, sieht das scheinbar ganz anders.

»Also, ein kleiner Ferienflirt, das darf schon sein! Sonst macht das doch alles nur halb so viel Spaß.« Sie beginnt ihre Tasche zu öffnen und auszupacken. Dabei plappert sie ohne Pause. Wo sie herkommt, was sie sonst so treibt, was ihre Familie in der Zwischenzeit macht. Ich bin beeindruckt, wie viel man in so kurzer Zeit reden kann, aber in erster Linie bin ich einfach erleichtert, dass mir eine nette Zimmergenossin zugeteilt wurde.

Das muss ich schnell Leni schreiben, damit sie sich nicht allzu große Sorgen macht.

Mit einem »Wow!« reißt mich Josy aus dem kurzen Chat mit Leni. Irritiert schaue ich auf. Josy steht vor unserem gemeinsamen Kleiderschrank und begutachtet meine Sachen.

Mit einem mulmigen Gefühl im Bauch stehe ich auf und gehe zu ihr. »Was ist denn?«

»Na, deine Campingausrüstung ist … nun ja … ziemlich krass. Von allem nur das Feinste, was?« Sie starrt noch immer in den Schrank hinein, während ich mich innerlich versteife. Was wird das jetzt?

»Schau dir bitte mal mein abgeschlagenes Zeug im Vergleich zu deinen Sachen an.« Sie hält eine total verbeulte Campingtasse in die Höhe und meine nagelneue daneben. »Ich hab den ganzen Kram von meinem großen Bruder geerbt, und der war echt schon oft zelten.« Sie bricht in schallendes Gelächter aus, in das ich trotzdem nicht einstimmen kann.

»Wir waren noch nie zelten, darum mussten wir alles neu kaufen«, erkläre ich peinlich berührt.

Josy nickt. »Okay, verstehe. Da haben deine Eltern aber trotzdem ganz schön tief in die Tasche gegriffen.« Nun zwinkert sie mir zu. Da mir das alles langsam unangenehm wird, nehme ich ihr meine Tasse aus der Hand und werfe sie in den Schrank. Die erste Delle hat sie jetzt sicher.

»Ich wohne bei meiner Mutter«, erkläre ich schnell, um das Thema zu wechseln.

»Ach, sind deine Eltern auch getrennt? Meine auch. Ganz schön viele sind das, oder?«

Meine Gedanken schweifen zu Leni und ihrer perfekten Familie. »Na, geht so. Mein Vater lebt seit Ewigkeiten in den USA, hat da eine neue Familie und wir haben nicht so viel Kontakt.«

Nun hält Josy inne und schaut mich mitfühlend an. »Oh Mann, das tut mir leid. Ich werde immer aufgeteilt – eine Woche bei meiner Mutter, die andere Woche bei meinem Vater. Nervt auch, aber immerhin sehe ich beide regelmäßig.«

Ich presse die Lippen aufeinander und nicke. Die Stille, die entsteht, wird unterbrochen von lautem Gelächter, das aus dem Garten kommt. Ich laufe zum Fenster und schaue hinaus. Tatsächlich haben sich draußen schon ganz schön viele Leute versammelt. »Du, wann sollen wir uns eigentlich unten treffen?«

Josy schaut auf ihre Armbanduhr. »Oh, in zwei Minuten schon!« Hastig wirft sie ihre Sachen in den Schrank, knallt die Tür zu und sieht mich auffordernd an.

Lachend verlassen wir unser Zimmer und flitzen die Treppe hinunter. Ich fühle mich gleich viel leichter in Josys Nähe, und es ist, als ob wir uns schon ewig kennen. Wenn alles so bleibt, wird die Zeit hier doch noch besser als gedacht. Dann kann mir auch eine Leonie nicht die Laune verderben.

8. Kapitel

Alle Teilnehmer des Camps haben sich auf der großen Wiese vor dem Haus versammelt. Es sind etwa dreißig Kids und die fünf Betreuer – Nana und Martin, die ich schon aus dem Bus kenne, dazu dann noch Sebastian, Annett und Chris.

Josy hat recht gehabt, Sebastian ist ein echter Öko mit Halbglatze, rotem Bart und Funktionskleidung. Könnte der Onkel von Loreley sein, echt. Annett sieht aber total normal und nett aus, und Chris sieht aus, als wäre er gerade vom Surfbrett gestiegen.

»Hallo und noch mal herzlich willkommen«, begrüßt uns Chris nun. »Ich hoffe, ihr habt die Anreise alle gut überstanden.« Allgemeines Nicken und zustimmendes Gemurmel setzt ein.

»Sehr gut!« Nun grinst Chris breit. »Ihr wisst ja schon, dass der restliche Tag heute dazu da ist, dass wir uns ein wenig kennenlernen. Außerdem schauen wir uns schon mal die Kanus und die Ausrüstung an. Morgen gibt's dann die Workshops.«

Während Chris erzählt, was morgen ansteht, mustere ich vorsichtig die anderen Campteilnehmer. Einige kenne ich schon von der Anreise, klar, aber die andere Hälfte eben noch nicht. Hier und da sind tatsächlich ein paar Leute dabei, die ganz okay aussehen. Aber am besten von allen gefällt mir tatsächlich Josy, die mir immer wieder zuzwinkert und mich anlächelt. Allein das macht mir gute Laune.

Nana verteilt Klebeschildchen und Stifte, damit jeder seinen Namen aufschreibt und sich ans Shirt heftet. Chris erklärt derweil: »Ich teile euch jetzt erst mal willkürlich in drei Gruppen auf. Jede Gruppe macht mit ihrem Betreuer das erste Kennenlernspiel. Dann mischen wir die Gruppen noch mal durch, damit jeder mit jedem ein wenig Zeit verbringen kann.« Chris schreitet durch die Menge und teilt uns durch drei. Zum Glück bleiben Josy und ich zusammen. Und mindestens ebenso zum Glück ist Oberzicke Leonie in einer anderen Gruppe.

Annett gesellt sich zu uns. »Okay, Leute! Wir gehen mal alle da hinten zu dem Baum und fangen mit dem Detektivspiel an.«

Ratlos schauen wir uns an, setzen uns aber wie gewünscht in den Schatten unter den Baum.

Als alle ihren Platz eingenommen haben, deutet Annett auf das Mädchen, das rechts neben ihr sitzt. »Sagt doch alle noch mal kurz eure Namen, euer Alter und wo ihr herkommt. Fängst du an?«

»Ich bin Pia, komme aus der Nähe von Hamburg und ich bin zehn Jahre alt.« Pia hat hellblonde, glatte Haare, eine Zahnspange und sieht recht fröhlich aus.

Annett lächelt und deutet nun auf den Jungen neben ihr. Der nickt, fährt sich lässig durch die Haare und sagt: »Hey, ich bin Sunny, Pias großer Bruder, vierzehn Jahre alt und komme auch aus der Nähe vom Hamburg.« Uih, Sunny findet sich ziemlich cool, glaube ich. Er hat etwas dunkleres Haar als seine kleine Schwester, kinnlang, der Pony hängt ihm quer über die Augen. Er trägt eine lässige khakifarbene Jacke mit Aufnähern und wirkt ziemlich, nun ja, cool eben.

Doch schon geht es weiter. Neben Pia und Sunny sitzen Robert, Max, Elena und Johanna, Oskar und Adam. Dann bin ich an der Reihe und als letzte Josy. Gut, das ging jetzt alles noch. Namen, Wohnort und Alter, das ist kein Problem. Aber was soll das mit dem Detektivspiel?

Schon holt Annett Blätter und Stifte aus ihrer Tasche und erklärt: »Okay, Leute. Jeder von euch bekommt jetzt ein Blatt. Darauf schreibt ihr jeweils drei Eigenschaften von euch. Zum Beispiel, dass ihr ein Mathe-Ass seid, Harfe spielen oder mit den Ohren wackeln könnt.« Sie reicht das Papier und die Stifte herum. »Ich sammele das dann ein, lese eure Eigenschaften vor, und die anderen müssen erraten, zu wem die Eigenschaften gehören, klar?«

Wir nicken brav und mein Kopf schlägt schon Purzelbäume. Drei Eigenschaften? Was soll ich da aufschreiben? Ich bin weder gut in Mathe, noch kann ich ein Instrument spielen.

Annett sieht, dass nicht nur ich, sondern auch noch ein paar andere ratlos sind. »Ihr könnt auch Dinge aufschreiben wie: Ich habe fünf Geschwister. Ich esse am liebsten Spaghetti oder ich habe zu Hause einen Goldfisch namens Willi.«

Kurz überlege ich, ob ich hinschreiben soll, dass ich nicht

gerne schwimme oder dass ich jetzt gerade eigentlich in Spanien sein sollte, aber das wäre dann für den Einstieg wohl doch etwas unpassend. Also begnüge ich mich mit profaneren Dingen und schreibe dann auf:

Ich esse am liebsten Nudeln.
Ich schreibe für die Schülerzeitung.
Ich spiele Tennis.

»So, Leute, seid ihr fertig? Dann schreibt noch eure Namen unten drauf, faltet eure Zettel einmal in der Mitte und gebt sie mir zurück.« Annett sammelt die Zettel wieder ein, studiert sie aufmerksam und sagt dann: »Okay, ihr Detektive, fangen wir mit der ersten Person an. Ich lese vor, was die gesuchte Person aufgeschrieben hat, und ihr ratet, um wen es sich handeln könnte.«

Unsicher sehen wir uns gegenseitig an.

»Also, diese Person isst gerne … Nudeln.« Annett sieht mit leuchtenden Augen in die Runde. Och nö, muss ich denn gleich als Erste rankommen? Unwillkürlich ziehe ich meinen Kopf ein.

»Nudeln? Das kann ja wohl jeder Zweite sein«, wirft Sunny ein.

Annett legt den Kopf schief und mustert weiter den Zettel. »Richtig. Aber unsere Person liest außerdem gerne Comics.«

Puh, ich atme auf. Das bin ich ja doch nicht. Also richte ich mich wieder zu voller Größe auf und schaue in die Runde. Pia kichert und Sunny stößt ihr mit dem Ellenbogen in die Seite – aha, denke ich! Und will gerade seinen Namen nennen, als Robert schon ruft: »Sunny!«

Annett lacht. »Genau! Und als Drittes fährt Sunny gerne mit dem Skateboard! Einen Punkt für Robert.« Sie legt Sunnys Steckbrief beiseite und wählt den nächsten aus. »Gut, diese Person liebt es zu zeichnen.«

Das Spiel macht wirklich mehr Spaß als erwartet. So erfahren wir, dass Pia Angst vor Spinnen hat, Robert schon mal bei *Jugend forscht* mitgemacht hat, Elena Querflöte spielt und Josy in einer Theater-AG mitspielt, was wirklich gut zu ihr passt. Adam spricht fließend Portugiesisch und Johanna hat drei große Brüder.

»So, die nächste Person – es sind ja nicht mehr viele – mag ebenfalls Nudeln!« Hm, jetzt bin ich wohl an der Reihe, aber jetzt macht es mir nicht mehr so viel aus.

»Oskar«, kräht Pia.

»Quatsch, bestimmt Mara«, fällt ihr Sunny ins Wort.

Ich mache die Augen zu Schlitzen und funkele ihn gespielt an. Nun zwinkert er mir zu – hallo? Schnell schaue ich zu Annett, die vorliest: »Unsere Person schreibt für die Schülerzeitung und spielt gerne Tennis.«

»Sag ich doch, Mara! Das passt irgendwie zu ihr!« Wieder Sunny.

Ich nicke. »Richtig!«

»Dann sind wir ja beide Nudelfans.« Er grinst breit.

»Hast du nicht selbst gesagt, dass genau das auf jeden Zweiten zutrifft?«, kontere ich.

»Hm, aber aufgeschrieben haben es nur wir zwei.« Noch einmal zwinkert er mir zu, also echt.

Als wir mit unserer Runde durch sind, werden wir wieder neu verteilt. Jetzt landen Josy und ich leider in unterschiedlichen Gruppen und zu allem Übel bin ich nun mit Lisa zusammen. Immerhin bleibt mir Leonie erspart. Diesmal ist es Chris, der das Spiel mit uns durchführt. Er hat vier verschiedenfarbige Kegel um uns herum aufgestellt und wird uns eine Frage mit vier möglichen Antworten stellen. Je nachdem, welche Antwort am besten zu einem passt, muss man zum roten, gelben, grünen oder roten Kegel flitzen. Das macht Spaß und gibt ein ganz schönes Chaos.

Als Letztes bin ich dann bei Nana, die ein ähnliches Spiel mit uns spielt wie Annett, nur dass man diesmal drei Eigenschaften aufschreiben soll, von denen eine gelogen ist. Die anderen sollen herausfinden, was nicht stimmt. Das Spiel macht Spaß und ist richtig lustig. Oskar hat sich zum Beispiel als geschwindelte Eigenschaft ausgedacht, dass er Limbo-Weltmeister ist. Das sorgt für viele Lacher, denn Oskar ist ganz schön dick, aber superlustig. Elena behauptet, dass sie rückwärts reden kann, und ich habe einfach geschrieben, dass ich fließend Chinesisch rede.

Nach dem Spiel suche ich nach Josy.

»Ihr habt jetzt etwa anderthalb Stunden Freizeit«, kündigt Martin an. »Springt in den See oder lernt euch noch ein bisschen kennen. Dann gibt's Essen, danach schauen wir uns die Kanus an. Und wenn es dunkel wird, machen wir ein Lagerfeuer, okay?«

»Und eine Sache noch: Wir brauchen drei Freiwillige, die Frau Ratzkow ein wenig beim Kochen helfen«, fügt Annett hinzu.

Josy und ich sehen uns an, doch wir sind zu langsam, schon haben sich drei jüngere Mädels gemeldet.

»Dann gehen wir schwimmen, was meinst du?«, schlägt Josy vor. Wir flitzen hoch und ziehen uns um.

Josy springt dann sofort mit einem lauten Klatsch vom Steg in den See. Ich hingegen bleibe lieber in sicherer Ufernähe und setze mich dort in den Sand. Die Sonne scheint mir ins Gesicht – wirklich schön hier!

9. Kapitel

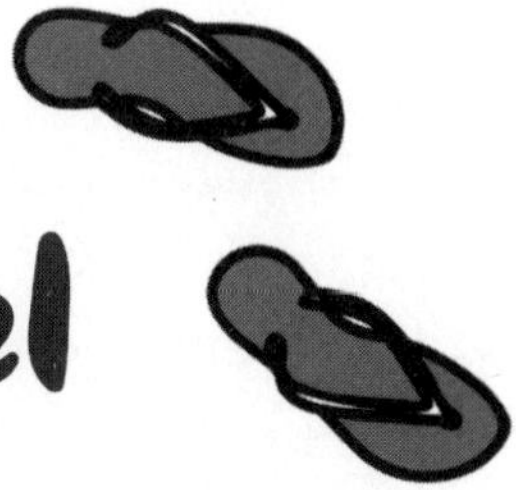

Irgendwie gelingt es mir, Leonie auch während der anderthalb Stunden Freizeit aus dem Weg zu gehen. Ab und zu kreuzen sich unsere Wege, dann funkelt sie mich böse an.

Doch nun sitze ich auf dem Steg und plaudere mit Konrad, der bei dem Kegelspiel von Chris ganz oft die gleiche Antwort ausgewählt hat wie ich. Nun wissen wir, dass wir beide Schokoeis am liebsten mögen, gerne lesen und lieber ans Meer als in die Berge fahren.

»Eigentlich wollte ich mit meiner Mom nach Spanien«, erzähle ich gerade. »Aber dann kam ein neuer Job dazwischen und nun sitze ich hier.« Mit der Fußspitze male ich Kreise ins Wasser.

Konrad schaut mich mitleidig an. »Blöd. Wir verreisen in der zweiten Ferienhälfte alle zusammen – meine Eltern, mein Bruder und ich. Fahrt ihr auch noch mal weg?«

»Nein, das geht nicht wegen des neuen Jobs meiner Mom. Voll blöd. Immerhin gehe ich mit meiner besten Freundin dann noch in eine Tennisschule. Aber so richtig Urlaub ist in diesen Ferien nicht.« Ich ziehe eine Schnute. »Wohin fahrt ihr denn dann noch?«

»Nach Portugal, in die Nähe von …«, setzt Konrad an.

»Ah, Portugal, da war ich auch schon mal!« Schwupp, und da ist sie – Leonie. Wie eine Nixe taucht sie aus dem See auf und schwimmt zielstrebig auf uns zu. »Wir waren im letzten Jahr an der Algarve. Fahrt ihr da auch hin?«

Konrad schüttelt den Kopf. »Nein, wir fliegen nach Lissabon, bleiben da ein paar Tage und fahren dann weiter in den Norden. Ganz andere Ecke also.«

»In Lissabon war ich mit meiner Mom vor drei, vier Jahren mal. Coole Stadt«, werfe ich nun wieder ein und ernte prompt finstere Blicke von Leonie.

»Du kennst wohl alles, ja?«, zischt sie mich an.

Ratlos sehe ich zwischen ihr und Konrad hin und her. »Nein, das hab ich nie gesagt.«

»Pffft«, macht Leonie, schwimmt zur Leiter des Stegs, klettert hinauf und lässt sich neben Konrad fallen. »Und hast du so ein Camp wie dieses hier schon mal besucht? Oder ist das dein erstes Mal?« Sie wringt ihre Haare aus, und Konrad rutscht ein Stück beiseite, damit er nicht nass wird.

»Christian und ich waren schon mal zusammen bei einem Sport- und Kreativcamp am Stadtrand«, erzählt er nun. »Da haben wir den ganzen Tag lang verschiedene Sportarten ausprobiert, aber auch geschnitzt, gemalt und so. Das war ganz cool. Und ihr?«

»Ich mache so was hier zum ersten Mal«, berichte ich und kann kaum ausreden, weil mir Leonie ins Wort fällt.

»Lisa und ich haben schon mal ein Sprachcamp zusammen belegt. Das war auch sehr cool. Und in den Osterferien war ich bei einem anderen Abenteuercamp, wo wir eine

Woche lang gezeltet haben. Das war eine schräge Zeit, ich sag's dir.«

Sie setzt sich zwischen mich und Konrad und plappert ewig von diesem anderen Camp, wo es tagelang geregnet hat, alle nass wurden und nach zwei Tagen erkältet waren. Aha.

Ich rappele mich auf. Ich mag nicht das fünfte Rad am Wagen sein.

Suchend schaue ich mich nach Josy um, doch die planscht mit ein paar anderen laut juchzend im See. Auch Sunny sehe ich, der gerade mit einem Salto vom Steg in den See springt und den Applaus der umstehenden Leute sichtlich genießt.

So richtig Lust auf Baden habe ich nicht mehr, also laufe ich in Richtung Haus. Vielleicht gehe ich kurz auf mein Zimmer und schreibe Leni noch eine Nachricht, denke ich, doch ich komme nicht weit. Auf der Wiese vor dem Haus bauen Martin und Chris gerade Bierbänke auf. Auch Nana ist dabei und winkt mich heran. »Kannst du mir helfen beim Raustragen von die Geschirr?«

»Ja klar!«, antworte ich, und gemeinsam gehen wir in die Küche, wo eine ältere Dame, ich schätze mal, das ist Frau Ratzkow, mit den drei Mädels steht, die sich freiwillig zum Küchendienst gemeldet haben, und in riesigen Töpfen rührt. Eines der Mädchen schält Karotten, das andere schneidet Gurken klein und das dritte knetet in einer Schüssel Teig.

Nana und ich tragen Wannen mit Besteck raus, Plastikbecher und Teller. So verfliegt die Zeit bis zum Abendessen, das dann auch wirklich ganz lecker ist. Es gibt Salat und eine Reispfanne und zum Nachtisch Quarkspeise. Josy plappert die ganze Zeit neben mir, und ich freue mich einfach nur, dass sie da ist und Leonie am anderen Tisch sitzt.

Nach dem Essen zeigen uns die fünf Betreuer die Kanus, die Paddel, dann die Sicherheitswesten und – ich atme auf – wasserfeste Packsäcke und Regentonnen, in die wir ab Mittwoch unsere Sachen legen können, falls wir kein wasserdichtes Zeug dabeihaben. Und dann wird auch schon das Lagerfeuer entfacht, und ich kann es kaum glauben, dass ich den ersten Tag beinahe hinter mich gebracht habe und es gar nicht so schlimm war.

»Okay, während die Jungs«, Annett wirft Chris und Sebastian, die sich um das Lagerfeuer kümmern, einen belustigten Blick zu, »hier mit der Gemütlichkeit kämpfen, spielen wir noch ein Spiel. Wer hat Lust?«

Ein paar Leute sind im Haus, um sich Jacken zu holen. Und so teilt Annett uns Verbliebene in drei Gruppen mit je sechs Leuten auf. Konrad ist zufälligerweise in meiner Gruppe, was Leonie zu verhindern versucht. Aber Annett lässt keinen Raum für Diskussionen und schiebt sie in eine andere Gruppe.

»Ihr stellt euch jetzt hintereinander in drei Reihen auf. Dem letzten in der jeweiligen Reihe zeige ich einen Zettel, auf dem ein Wort steht. Das muss er dem Vordermann Buchstaben für Buchstaben auf den Rücken schreiben. Der Vordermann muss das Wort dann wiederum seinem Vordermann auf den Rücken schreiben, bis das Wort bei der vordersten Person der Reihe angekommen ist. Die ruft es dann laut, und wenn es richtig ist, hat diese Gruppe einen Punkt, klar?«

Es wird ein wenig wuselig, als alle durcheinanderlaufen und sich hintereinander aufstellen. Und Leonie gelingt es durch irgendeine Mauschelei doch noch, in meine und Konrads Gruppe zu kommen. Ist das zu fassen? Kopfschüttelnd stelle ich mich zwischen zwei der Mädchen, die vorhin in der Küche geholfen haben, und hoffe, dort meine Ruhe vor der Zicke zu haben. Doch die beiden Freundinnen wollen wohl unbedingt hintereinanderstehen und schieben mich nach vorne – direkt hinter Leonie, die wiederum hinter Konrad steht. Ich verdrehe genervt die Augen.

In diesem Moment zeigt Annett den jeweils letzten der Reihen eine Karte mit dem ersten Wort, und schon geht das Spiel los. K-A-U-G-U-M-M-I kann ich kurz darauf erraten und schreibe das Wort Leonie auf den Rücken. In Runde eins sind wir zu langsam, die Reihe ganz links hat gewonnen. Dann rutschen alle eins auf, der Vordermann geht ganz ans Ende. In Runde drei steht Leonie vorne. Wieder schreibe ich ihr das Wort, das ich eben erraten habe, auf den Rücken. S-O-N-N-E-N-H…

»Sonnenbad«, schreit Leonie, aber das ist falsch! Ich war ja noch nicht mal fertig mit dem Schreiben!

»Sonnenhut«, kräht das Mädchen aus der Gruppe links.

Wütend dreht Leonie sich zu mir um und faucht mich an: »Kannst du nicht deutlicher schreiben?«

»Wenn du gewartet hättest, bis ich fertig bin, hätte es vermutlich geklappt!«, fauche ich zurück.

Leonie wirft ihre Haare in den Nacken und stapft mit hochgereckter Nase ans Ende der Schlange. Ich schlucke meine Wut hinunter. Nun bin ich vorne und es liegt an mir. Annett zeigt am Ende der Schlange ihr Wort, dann geht es los. Es dauert eine Weile, bis das Wort bei mir ankommt, aber wir liegen gut in der Zeit.

»Bodenvase«, rufe ich laut, aber den Bruchteil einer Sekunde war Sunny in der mittleren Reihe schneller als ich. Mist! Ich gehe meine Reihe entlang nach hinten und fange mir einen spöttischen Blick von Leonie ein, die zusätzlich mit der Zunge schnalzt.

»Was?« Ich bleibe kurz stehen und sehe sie auffordernd an.

»Zu langsam«, flüstert sie mir zu und verzieht den Mund.

»Pft«, mache ich und stelle mich hinter sie. Nach weiteren fünf Runden haben wir verloren. Haushoch. Betrübt gehen wir zum Lagerfeuer, das jetzt ordentlich lodert.

»Hätte sie nicht immer so undeutlich geschrieben, hätten wir bestimmt nicht verloren«, höre ich es hinter mir. Ich drehe mich um und sehe Leonie und Konrad.

»Was ist eigentlich dein Problem?« Ich baue mich vor Leonie auf und stemme die Hände in die Seiten.

»*Du* bist mein Problem«, antwortet sie frech und beugt sich zu mir vor.

»Mädels, jetzt hört doch mal auf!« Konrad nimmt Leonie am Arm und zieht sie zum Lagerfeuer. »Was soll denn der Quatsch?«, fragt er sie noch, dann höre ich nichts mehr.

»Was war das denn?« Nun steht Josy neben mir, die eben erst aus dem Haus gekommen ist. Ich erzähle ihr von Leonies Sticheleien und Josy erfasst die Situation recht schnell: »Es ist doch klar, dass sie was von Konrad will. Du auch, oder was?«

»Hä? Nein, überhaupt nicht!« Ich schaue zum Lagerfeuer rüber, wo Konrad mit seinem Kumpel Christian redet. Leonie daneben versucht mit den beiden ins Gespräch zu kommen. »Er ist nett, aber mehr nicht.«

Josy legt den Kopf schief. »Tja, das scheint Leonie anders zu sehen. Vielleicht sprichst du mal mit ihr und machst ihr klar, dass du keine Konkurrenz bist?«

Mit dem Zeigefinger tippe ich mir an die Stirn. »Spinnst du? Mit der rede ich kein Wort mehr als notwendig.«

Nun lacht Josy auf. »Dann halte dich von ihr fern und von Konrad vielleicht besser auch.«

»Aber er ist echt nett. Ich werde ihm wegen der doofen Leonie jetzt nicht extra aus dem Weg gehen. Ich bin ja froh, ein paar nette Leute hier gefunden zu haben!«

Josy seufzt. »Na, du wirst schon wissen, was du machst.« Nun zupft sie mich am Arm. »Hast du den da schon gesehen?« Sie deutet auf Sunny, der sich gerade einen Fußball geschnappt hat, den er nun gekonnt auf seinem Zeigefinger tanzen lässt. »Der ist echt süß!«

»Hm, ich weiß nicht. Er findet sich selbst ganz schön toll, glaube ich.«

»Mag sein.« Nun deutet sie auf einen Jungen, der bestimmt schon 15 ist. »Und den finde ich auch total niedlich. Der heißt Keanu.«

»Wie passend, das reimt sich ja auf Kanu«, witzele ich und muss lachen.

»Ha, ha, sehr lustig. Ich finde den toll!« Josy pikst mir in die Seite, und ich habe wirklich das Gefühl, dass wir uns schon viel länger kennen als nur ein paar Stunden. »Komm, wir machen uns jetzt ein Stockbrot!«, schlage ich vor und hake mich bei ihr unter.

Gemeinsam schlendern wir zum Lagerfeuer, um das ein paar Leute Bänke und Stühle gestellt haben. Die meisten Plätze sind schon besetzt, aber Josy und ich finden ein freies Eckchen, schnappen uns Holzstäbe und wickeln den Brotteig darum. Ich habe noch nie Stockbrot gemacht, lasse mir das aber nicht anmerken. Immer wieder schaue ich zu Josy hinüber, wie sie das macht, und so merkt keiner, wie unerfahren ich eigentlich bin. Die Stäbe mit dem Teig halten wir nun ins Feuer und sagen zur Abwechslung mal nichts. Stumm schauen wir den Flammen zu, die herrlich vor uns prasseln.

Ich drehe und drehe meinen Stock und allmählich verfärbt sich der Teig von blassgrau in herrliches Braun und wird sogar richtig knusprig. Hier und da ist mein Brot ein wenig zu schwarz geworden, aber es schmeckt wahnsinnig lecker und ich bin richtig stolz auf mein Werk.

Irgendwann holt Chris eine Gitarre aus dem Haus und fängt an, die Saiten zu zupfen.

»Oh, ich habe einen Musikwunsch«, sagt Annett und flüstert Chris etwas ins Ohr, der nickt und leise ein Lied anstimmt. Ich kenne die Melodie, aber mir fällt einfach nicht ein, wie der Song heißt. Ich weiß, dass Mom diesen Song sehr gern mag, darum ist er vermutlich schon etwas älter. Das ändert aber nichts daran, dass mich jeder einzelne Ton mitten ins Herz trifft. Das geht wohl auch allen anderen um mich herum so, denn das Gemurmel und Gelächter von eben ist verstummt und alle starren nun still und leise auf Chris und seine Gitarre.

Als er die letzten Töne gespielt hat, haut er mit der Hand mehrmals auf das Holz vom Gitarrenkorpus und ruft: »Hey, Leute, nicht so melancholisch werden! Jetzt mal was zur Aufmunterung und alle singen mit!«

Nun stimmt er »Ein Kompliment« von Sportfreunde Stiller an, und tatsächlich fangen die ersten gleich an mitzusingen. Unter anderem auch Leonie, die eine zugegeben gute und klare Stimme hat und dabei immer wieder Konrad anschaut. Der merkt das aber scheinbar nicht. Oder ist er zu schüchtern? Keine Ahnung.

Ich schaue mich weiter um und sehe, wie Pia und Sunny aneinandergelehnt mitsingen. Das finde ich nett. Ich habe mir auch immer Geschwister gewünscht, aber da hatten meine Eltern eben andere Pläne. Mittlerweile habe ich zwei kleine Halbgeschwister, die mit meinem Vater aber am anderen Ende der Welt wohnen. Wir sehen uns nie und haben auch keine wirkliche Beziehung zueinander. Aber wenn ich bei Leni zu Hause bin, merke ich auch, wie nervig kleine Geschwister sein können. Tim stresst uns dann immer total. Na ja.

Ich schaue mich weiter um. Lisa sitzt neben Leonie und wirkt ein wenig angespannt. Vielleicht, weil ihre beste Freundin sie links liegen lässt und nur noch Augen für einen Jungen hat.

Adam hat sich gerade die Finger am Stockbrot verbrannt

und sieht total lustig aus, wie er nun hin und her zappelt und seine Hand hektisch schüttelt. Unwillkürlich muss ich lachen.

Robert, der bei *Jugend forscht* mitgemacht hat, untersucht im Licht des Lagerfeuers einzelne Blätter, und die Mädchen, die vorhin in der Küche geholfen haben, stecken kichernd die Köpfe zusammen.

Dann ist der Song zu Ende.

»Wer will noch eine Runde Fußball im Dunkeln spielen?«, ruft Martin, und es melden sich sofort ein paar Jungs, aber auch zwei Mädchen.

»Wir haben an die Steg Fackeln aufgestellt«, sagt Nana. »Wer hat Lust auf eine Nachtwanderung?« Wieder springen ein paar Kids auf, unter anderem Leonie, die versucht, Lisa und natürlich auch Konrad davon zu überzeugen mitzukommen.

»Wollen wir auch?«, fragt Josy und will mich schon am Arm hochziehen.

»Ich bleib hier«, sage ich. Gerade stimmt Chris den nächsten Song an. Ich pule mein zweites Brot vom Stock, puste und beiße genüsslich hinein. Am See höre ich ein paar Leute kichern, vor dem Haus kicken die anderen. Am Lagerfeuer sitzen jetzt nur noch fünf Leute und schweigen und lauschen der Musik. Und ich habe jetzt keine Lust mehr auf Action. Ich lasse den Abend in Ruhe ausklingen und hänge meinen Gedanken nach.

10. Kapitel

Die Nacht war etwas zu kurz. Obwohl die Betreuer uns gegen 23 Uhr in die Betten geschickt haben, haben Josy und ich noch lange gequatscht. Beim Planschen im See hat sie sich ein wenig mit Sunny, aber auch mit Keanu unterhalten und war dann ganz durcheinander, wen von beiden sie nun toller finden soll.

Irgendwann, weit nach Mitternacht, bin ich dann aber doch eingeschlafen, um 6 Uhr war ich aber schon wieder wach. In einer fremden Umgebung schlafe ich meistens schlecht. Ich schnappe mir mein Handy, schicke Mom und Leni Nachrichten und surfe ein wenig durchs Internet. Irgendwann schlafe ich doch noch mal kurz ein, doch um 8 Uhr ist es endgültig vorbei mit der Nachtruhe. Von unten weckt uns ein lauter Glockenschlag.

Nach einem schnellen Frühstück geht das Programm gleich los.

»Leute, wir haben viel vor heute. Zieht euch Badesachen drunter und dann legen wir in zehn Minuten los«, ruft Sebastian und klatscht laut in die Hände.

Also flitzen wir zurück in die Zimmer, ziehen uns um und versammeln uns am See.

Wieder werden wir wahllos in drei Gruppen aufgeteilt. Zwei Gruppen gehen direkt zum Wasser und beschäftigen sich mit den Kanus. Meine Gruppe sammelt sich bei den Tischen und Bänken. Annett und Nana erzählen uns jetzt etwas über das richtige Verhalten im Wasser, Naturschutz und Sicherheitsmaßnahmen im Notfall. Außerdem haben sie eine Karte der Region ausgebreitet und zeigen uns, welche Touren wir ab morgen machen können. Da gibt es zum Beispiel eine Tour, die insgesamt 120 Kilometer lang ist!

»Das wäre eine Tour, die eher etwas für die Sportlichen unter euch ist. Da müsst ihr 30 Kilometer am Tag paddeln, das ist schon ein ganz schönes Pensum«, erklärt Annett.

»Right, die anderen Touren sind aber kürzer «, wirft Nana nun ein. »Da fahrt ihr nur zehn bis fünfzehn Kilometer am Tag.« Sie fährt auf der Karte eine blaue Linie entlang. »Da sieht man natürlich nicht ganz so viel wie bei einer großen Tour, aber es ist trotzdem total beautiful.«

»Wie ihr wisst, werden wir vier Gruppen haben, die unterschiedlich lange Touren fahren. Wenn ihr da jetzt schon Vorlieben habt, beziehungsweise euch lange oder eher kürzere Strecken zutraut, sagt es mir bitte gleich. Dann kann ich das schon mal vermerken.« Annett wedelt mit einem Klemmbrett in der Luft.

»Right. Und jetzt wechseln wir die Gruppen und ihr geht zu Sebastian und übt das Einsteigen in die Boote.« Nana deutet auf den See, wo gerade ein paar Kids die Kanus ans Land ziehen. Mein Herzschlag beschleunigt sich. Jetzt geht es also ins Wasser. Zum Glück weiß ich, dass es am Ufer flach ist, also kriege ich das schon irgendwie hin, beruhige ich mich selbst.

»Und ihr übt das Kentern!«, fügt Annett lachend hinzu und wendet sich nun Adam zu, der prompt ankündigt, auf alle Fälle eine lange Tour machen zu wollen.

»Kentern?« Mit großen Augen sehe ich Josy an. Die lacht laut auf.

»Na klar! Es kann doch immer mal passieren, dass so ein Kanu umkippt. Dann musst du da ja auch wieder reinkommen.« Sie lässt mich stehen und geht zu Annett, die gerade mit Keanu spricht. Dort verkündet sie, dass sie sich eine mittelschwere Tour zutraut. Genau das, was Keanu auch gesagt hat.

»Mara, was ist mit dir?«, fragt Annett nun. »Auch eine mittelschwere Strecke?«

Rasch schüttele ich den Kopf. »Hm, ich weiß nicht. Ich bin nicht so die Wasserratte.«

Annett nickt und macht sich eine Notiz. »Kein Problem, das kriegen wir alles irgendwie hin. Aber fit bist du ja, oder?«

»Eigentlich schon.«

»Okay, wir schauen mal. Aber für den Moment weiß ich, dass du keine harte Strecke willst, alles klar.« Sie grinst breit und klopft mir dann auf die Schulter. »Dann mal ab zu den Booten.«

Wir ziehen unsere Klamotten aus und laufen dann Richtung Ufer. Die Gruppe, die eben bei Sebastian war, ist jetzt zum Steg weitergewandert. Dort sitzen schon Martin und Chris im Kanu und zeigen zur Begrüßung direkt ein Kentermanöver.

Puh.

»Mara, kommst du auch her, bitte?« Sebastian winkt mich heran und drückt mir eine Rettungsweste in die Hand.

»Okay, Leute, erst mal alle die Westen anlegen. Ohne Westen steigt ihr in kein Kanu, okay? Das gilt die ganze Zeit!«

Brav folgen wir alle seiner Aufforderung und ziehen die Westen an. Sebastian überprüft, ob alle Verschlüsse ordentlich zu sind. Hier und da zieht er Gurte fester, bis wir alle gut verpackt sind.

Dann deutet er auf das Kanu, das im flachen Wasser liegt.

»Zuerst das Einsteigen. Das ist schon der erste Moment, bei dem ihr ins Wasser fallen könnt. Also, passt auf: Erst das eine Bein mittig in die Längsachse des Bootes stellen, mit beiden Händen den Bootsrand anpacken und dann vorsichtig das zweite Bein nachziehen.«

Einer nach dem anderen üben wir das Einsteigen. Ich stelle mich ans Ende der Schlange, bin dann aber doch ganz beruhigt, wie einfach ich ins Kanu reinkomme. So weit, so gut.

Im Anschluss erklärt Sebastian uns, wie wir mittels unseres Körpers das Boot steuern können und wie wir mit den Paddeln umgehen. Er zeigt uns verschiedene Paddelschläge, erklärt, wie man bremst.

»So, und jetzt ihr. Immer zu dritt in ein Kanu, und dann versucht ihr mal, ein bisschen vorwärtszukommen.«

Josy und ich bleiben zusammen, und zu uns gesellt sich, sehr zu Josys Freude, noch Keanu.

Vorsichtig schieben wir unser Kanu ins Wasser, bis wir alle knietief im See stehen. Dann helfen wir uns gegenseitig beim Einsteigen. Josy hat mitbekommen, dass Wasser nicht mein liebstes Element ist, und lässt mir den Vortritt. Und Keanu, ganz Gentleman, reicht mir eine Hand, damit ich sicher ins Kanu komme. Sobald wir drei sitzen, ist erst mal alles okay.

Sebastian verteilt die Paddel und dann versuchen wir voranzukommen. Josy, die vor mir sitzt, macht das ganz geschickt. Ich versuche, ihr alles nachzumachen, und prompt setzt sich unser Kanu in Bewegung. Wieder und wieder ziehe ich das Paddel durch das Wasser. Gar nicht schlecht, denke ich zufrieden. Und irgendwie macht es sogar ein wenig Spaß.

»Nicht zu weit«, ruft Sebastian. »Bitte wenden.«

Ich habe natürlich keine Ahnung, wie man jetzt wendet, aber ich sehe, dass Keanu, der hinter mir sitzt, sein Paddel so ins Wasser hält, dass wir uns einfach drehen. Langsam gleiten wir wieder auf das Ufer zu.

In der Zwischenzeit ist auch Sebastian in ein Kanu gestiegen und rudert an uns vorbei auf den See hinaus.

»Das sah alles schon ganz gut aus«, ruft er uns zu. »Jetzt zeige ich euch noch mal, wie die verschiedenen Schläge funktionieren und was sie bewirken. Ihr macht das dann nach.«

Er macht uns den Bogen- und den J-Schlag vor und zeigt uns auch, wie man sich ins Boot legt, wenn man unter einem Gebüsch entlangfahren muss.

Wir paddeln hin und her und alles läuft viel, viel besser als gedacht. Mit Josy und Keanu im Boot fühle ich mich halbwegs gut und sicher.

»Super gemacht, Leute!«, ruft Sebastian irgendwann und

rudert zum Ufer zurück. »Das reicht für den Moment. Damit kommt ihr alle über die Seen. Jetzt geht es weiter zur nächsten Station. Vorher kommt ihr aber bitte alle noch mal kurz zu mir.«

Wir rudern zurück, steigen umständlich aus dem Kanu und ziehen es zu dritt wieder an Land. Dann reihen wir uns noch mal um Sebastian, der sein Klemmbrett gezückt hat und kurz jeden von uns prüfend ansieht, um sich, so wie Annett eben auch, kurze Notizen zu machen.

»Gibt's noch Fragen zu den Übungen?«, fragt er, doch alle schütteln die Köpfe. »Sehr gut, dann ab zum Steg, da findet das Kentertraining statt! Die Westen lasst ihr bitte an.«

Auf dem Weg zum Steg kommt uns die Truppe entgegen, die eben das Kentern geübt hat. Alle sind pitschnass. Verdammt, jetzt wird es heikel.

Sunny, dem sein tropfnasser Pony noch ein Stück tiefer ins Gesicht hängt als sonst, grinst mich an. Und Leonie, der ich heute eigentlich noch gar nicht über den Weg gelaufen bin, ignoriert mich geflissentlich.

»Hey!«, ruft Chris schon von Weitem. Er sitzt noch immer in seinem Kanu. Martin steht am Steg, hüpft jetzt aber auch in den See. »Ab ins Wasser mit euch!«

Manche Kids lassen sich das nicht zweimal sagen und springen sofort hinein. Keanu macht eine Arschbombe, Josy tut es ihm gleich. Ich benutze dann doch lieber die Treppe und lasse mich ganz langsam ins kühle Wasser gleiten. Die Weste gibt mir schnell Auftrieb und mindert meine Panik zumindest ein wenig. Ich schwimme zu Josy und halte mich an einem der Kanus fest, die im Wasser herumschippern.

»Okay, was machen wir also, wenn uns das hier passiert?«, ruft Chris, bringt sein Kanu ins Wanken und kippt schließlich damit um.

In den folgenden Minuten erklärt und zeigt er uns den sogenannten Capistrano Flip, mit dem er das Kanu wieder umdreht. Außerdem zeigen Chris und Martin uns die verschiedenen Arten des Wiedereinstiegs, und ich frage mich, ob ich das jemals hinbekommen werde. Klar, dass wir das alles auch gleich nachmachen müssen.

Aber wieder bin ich mit Josy und Keanu zusammen, die mir so toll helfen, dass ich es tatsächlich schaffe, mich aus dem Wasser in das Kanu zu ziehen. Puh, mit den beiden an meiner Seite kann eigentlich nicht viel schiefgehen, denke ich und hoffe inständig, dass wir einer Gruppe zugeteilt werden. Immer wieder schicke ich kleine Stoßgebete zum Himmel. Vielleicht sollte ich Annett doch noch sagen, dass ich mir auch eine mittelschwere Tour zutraue. Das erhöht die Chancen bestimmt.

Frau Ratzkow tischt uns heute Nudeln auf, die wir nach der harten Arbeit nur so verschlingen.

»Ich hoffe so sehr, dass wir zusammen in eine Gruppe kommen«, sage ich zu Josy und Keanu, mit denen ich auch jetzt am Tisch zusammensitze.

Josy grinst erst mich an und dann Keanu. »Oh ja, das wär super!« Ihre Augen funkeln, und ich glaube, sie hat sich Hals über Kopf in Keanu verknallt. An Sunny verschwendet sie jetzt wohl keinen Gedanken mehr.

Keanu nickt zustimmend, hat den Mund aber zu voll, um etwas zu sagen. Ob er Josy auch gut findet?

Wir essen weiter, plaudern und lachen. Als wir gerade beim Nachtisch sind, stellen sich Chris und Annett vorne hin.

»Esst in Ruhe auf, wir nutzen aber schon mal die Zeit und verlesen die Gruppenaufteilung.«

Unruhig rutsche ich auf der Bank hin und her. Und ich bin nicht die Einzige, um mich herum werden alle ganz kribbelig.

Chris hebt beruhigend die Hände. »Gleich bricht hier das Chaos aus, das wissen wir schon. Darum vorweg noch kurz ein paar Infos zum weiteren Tagesablauf: Nach dem Essen findet ihr euch in euren neuen Gruppen zusammen. Dort besprecht ihr mit eurem Team und dem zuständigen Betreuer, welche Tour ihr machen wollt, und teilt die Aufgaben ein. Einkaufen, kochen, Feuerholz sammeln, Zelte aufbauen etc. Dann müsst ihr noch packen. Die meisten von euch haben bestimmt viel zu viel Gepäck dabei. Das, was zu viel ist, könnt ihr morgen hier im Haus in einem abgeschlossenen Raum zurücklassen. Und um 16 Uhr treffen wir uns alle zum Anpaddeln, heißt, wir machen eine Mini-Tour zusammen und kommen dann zum Abendessen zurück.«

Chris klatscht in die Hände und Annett zückt ihr Klemmbrett. Ich schlucke schwer. Meine Hände sind ganz feucht, so aufgeregt bin ich.

Bevor sie den ersten Namen verliest, schaut sie uns noch mal mahnend an. »Eins noch: Es gibt immer Leute, die an der Gruppenaufteilung etwas auszusetzen haben. Wir stellen die Gruppen aber nicht nach Sympathien zusammen. Wer mit wem – das interessiert uns nicht. Wir haben euch so eingeteilt, wie wir euch einschätzen. Bitte kommt danach nicht alle zu uns und beschwert euch. Ihr werdet vier Tage in den Gruppen zusammen verbringen, das kriegt ihr schon hin, auch wenn ihr jetzt vielleicht nicht mit eurem neuen Schwarm oder der gerade neu gefundenen besten Freundin zusammen sein könnt, klar? Am Sonntagmittag treffen wir uns ja alle wieder hier und haben noch Zeit zusammen. Da gibt's dann eine Abschlussparty, Fackeltour und so.« Mit strengem Blick schaut sie in die Runde und wendet sich dann endlich wieder ihrem Klemmbrett zu.

»Gut, dann zur Aufteilung. Salamander, Mücken, Libellen und Kraniche. Die Salamander sind diejenigen, die wir als sehr stark und unternehmungslustig einstufen. Ihr werdet vermutlich die weiteste Strecke zurücklegen und die Salamander werden von Martin betreut«, erklärt Chris nun. Doch da schalte ich schon ab. Zu dieser Gruppe werde ich keinesfalls gehören. Schade, Martin hätte ich gerne als Betreuer gehabt. Annett zählt sieben Namen auf, darunter auch Max und Robert, die ich vom Detektivspiel kenne.

»Als Nächstes haben wir die Mücken, die werden Nana und ich begleiten«, erklärt Annett. »Das sind unsere Kleineren, die eine nicht allzu lange Tour machen werden.« Hm, ob ich dabei sein werde? Zu den Kleineren gehöre ich ja eigentlich nicht, aber eine kürzere Tour, das würde mir natürlich gefallen. Doch Annett zählt meinen Namen nicht auf.

»Dann bleiben noch die Libellen und die Kraniche. Die Libellen betreut Chris, die Kraniche Sebastian.«

Josy und ich sehen uns an. Ganz klar, wir möchten am liebsten zu Chris!

»Zu den Kranichen gehören«, beginnt Chris und nun bin ich wirklich sehr aufgeregt. »Sunny und Pia, Konrad und Christian, Leonie und Lisa.« Ende. Ich atme auf. Weder Josy noch ich sind dabei. Wir zwicken uns in die Arme und grinsen uns fröhlich an, bis Annett sagt: »Ja, und Mara hast du vergessen.«

Mir fällt das Lachen aus dem Gesicht. Und auch Josy erstarrt. Was? Ich bin bei den Kranichen? Das glaube ich jetzt nicht. Ohne Josy? Und – noch viel schlimmer – mit Leonie! Wie soll ich das denn bitte schön überleben?

11. Kapitel

»Hey!« Sunny klopft mir auf den Rücken. »Cool, dass wir in einer Gruppe sind.«

Ich nicke nur schwach, kann mich von meinem Schreck einfach nicht erholen. Wie angenagelt sitze in an meinem Platz. Josy hat mich eben noch fest gedrückt, bevor sie mit Keanu zu Chris gestürmt ist. »Der totale Mist ist das! Ich frage jetzt trotzdem noch mal nach, ob du nicht zu uns kommen kannst«, hat sie mir ins Ohr gemurmelt.

Und obwohl ich ihr glaube, dass sie auch enttäuscht ist, verfliegt ihre Traurigkeit recht schnell. Kein Wunder, sie ist in einer echt netten Truppe und vor allem ist sie mit Keanu zusammen. Schon bald sehe ich die beiden vor Chris stehen und lachen. Vielleicht kann sie aber doch noch was erreichen. Ich gebe die Hoffnung nicht auf. Und vielleicht kann ich ja auch noch mal mit Sebastian reden.

Nach und nach laufen alle zu ihren zugeteilten Betreuern. Und weil ich nun die Letzte bin, die noch am Mittagstisch sitzt, erhebe auch ich mich und trotte mit hängenden Schultern zu Sebastian. Die anderen haben sich schon um ihn gereiht. Ich atme tief durch und betrachte sie alle noch mal.

Sunny und Pia, die Geschwister, die vielleicht ganz nett sind. Auch wenn Sunny manchmal die coole Socke raushängen lässt. Keine Ahnung, wie der wirklich ist. Pia ist richtig nett, glaube ich. Aber sie ist eben erst zehn. Hm, trotzdem besser als nichts. Dann sind da Konrad und Christian, die beiden Jungs aus dem Bus. Eigentlich auch ganz okay – zumindest Konrad habe ich ja schon etwas näher kennengelernt. Mit den vieren würde ich bestimmt auskommen in den nächsten Tagen. Tja, aber dann sind da eben noch Leonie und Lisa. Die Oberzicke und ihre Gehilfin. Leonie hat mit den Augen gerollt, als mein Name fiel, ich hab's genau gesehen. Das kann echt ein Spaß werden.

Erst jetzt fällt mir auf, dass das alles Zweiertrupps sind. Nur ich bin allein. Schön, zu allem Überfluss auch noch das fünfte, besser das siebte Rad am Wagen.

Und als Anführer dieser Truppe dann ausgerechnet Sebastian, der Naturfreak mit seinem Ötzibart, Cargohosen und lauter bescheuertem Equipment am Gürtel.

»Hallo Leute, ich freu mich auf die Zeit mit euch«, begrüßt uns Sebastian nun. »Wir setzen uns gleich zusammen und bestimmen unsere Strecke. Dann checken wir die Ausrüstung. Die Zelte bekommt ihr von uns. Außerdem packen wir einmal Probe, um zu sehen, ob wir alles in unsere Kanus bekommen. Wir werden mit drei Kanus fahren, die teilen wir auch gleich noch auf.« Er schaut in die Runde. »So weit erst mal. Gibt's Fragen?«

Kurz überlege ich, ob ich ihn jetzt direkt fragen soll, ob ich nicht doch in eine andere Gruppe kann, aber das mache ich lieber später, wenn kein anderer zuhört.

Sebastian breitet die Karte aus, die wir vorhin schon bei Annett gesehen haben.

»In der Zeit, die wir haben, kann man hier Touren bis zu 140 Kilometer machen. Das wäre zu viel für uns. Aber es gibt da zum Beispiel eine Tour, die ist etwa 75 Kilometer lang. Wir haben vier volle Kanutage und noch einen kurzen, bevor wir am Sonntag wieder hier sind. Heißt, wir haben 15 bis 20 Kilometer am Tag. Das schaffen wir locker. Zumal es hier kaum Fließgewässer gibt, wir also kaum Strömung haben werden, die es uns schwer macht.« Sebastian fährt mit dem Finger eine Route auf seiner Karte ab.

»Wie lange paddelt man denn für 20 Kilometer?«, fragt Pia nun.

Sebastian wiegt den Kopf hin und her. »Das ist abhängig von vielen Faktoren, zum Beispiel, ob wir durch eine Schleuse müssen, und natürlich von eurem Tempo. Aber so in etwa vier Stunden. Das ist also echt machbar, meint ihr nicht?«

»Ja klar!«, sagt Sunny selbstbewusst. »Oder nicht, Pia?«

Seine kleine Schwester, die eindeutig die Jüngste hier ist, nickt entschlossen. »Ich denke schon.«

»Wir werden ja sehen. Sollten wir nach einem Tag merken, dass es uns doch zu viel wird, könnten wir die Route immer noch kürzen. Ich zeige euch jetzt, wo wir langfahren würden.«

Wir beugen uns alle über die Karte und lauschen Sebastians Ausführungen: »Wir sollten morgen früh noch einkaufen gehen, denn das nächste Mal kommen wir erst am Freitag wieder in die Nähe eines richtigen Supermarkts. Ich habe ein paar Essensvorschläge, das klären wir gleich auch noch. Also, wir machen eine Tour, die uns durch insgesamt zehn Seen führt. Wir starten morgen hier vor dem Haus, fahren durch die Wasserstraße, bis wir zum nächsten See kommen. Dort können wir bei einem kleinen Wasserwanderrastplatz zelten. Das sollte für den ersten Tag reichen. Am nächsten Tag durchfahren wir drei weitere Seen, zelten auf dem Grundstück eines Bauern und kommen dann am dritten Tag, also Freitag, hier an.«

Er tippt auf einen großen roten Fleck, der wohl ein kleines Städtchen darstellen soll. »Da können wir wie gesagt wieder so richtig einkaufen. Kleine Lädchen gibt es zur Not auch unterwegs. Und wir übernachten auf einem großen Campingplatz. Das ist nach zwei Tagen, an denen wir eher einfach übernachten, vielleicht ganz nett. Da freut ihr euch dann über eine richtige Dusche und Toilette.«

Oje. Auch daran habe ich noch gar nicht gedacht. Gibt es denn bei diesen merkwürdigen Rastplätzen keine ordentlichen Duschen? Himmel!

»Gut. Am Samstagmorgen, das ist dann auch schon unser letzter voller Paddeltag, kommen wir früh an eine Schleuse, durchfahren ein tolles Naturschutzgebiet und schlagen am Nachmittag noch mal unsere Zelte an einem Biwakplatz mitten im Wald auf. Und Sonntagfrüh haben wir dann nur noch eine kurze Strecke, bevor wir wieder hier am Haus ankommen. Gut?«

Wir nicken alle brav.

»Sehr schön.« Sebastian faltet zufrieden seine Karte zusammen. »Ich habe unterwegs noch eine Überraschung für euch, aber die wird jetzt natürlich noch nicht verraten. So, und dann noch zum Essen. Ich habe eine Einkaufsliste vorbereitet. Wir versuchen unterwegs natürlich, unsere eigene Nahrung zu fangen. Wir werden angeln und unser eigenes Brot am Lagerfeuer backen. Dann pflücken wir unterwegs Beeren und schauen einfach, was uns so über den Weg läuft.«

Mir läuft der Schauer über den Rücken. Angeln? Ich dachte, dafür gibt's das Angelcamp …

»Trotzdem kaufen wir Nudeln, Reis, Gemüse. Daraus machen wir simple Eintöpfe und Pastagerichte. Dann kaufen wir Toast, da können wir zur Not auch einen Abend Grilled Cheese Sandwiches machen. An den Tagen, an denen wir einkaufen, können wir Würstchen holen und ins Feuer halten. Auch die vegetarischen Würstchen schmecken gut, übrigens. Hat jemand noch Sonderwünsche?«

»Wie wäre es mit Folienkartoffeln, die wir ins Lagerfeuer werfen?«, schlägt Christian vor.

Sebastian nickt. »Finde ich gut.« Er trägt es auf seiner Liste ein.

»Also, ich war ja schon mal Zelten. Da haben wir einen ganz tollen Cajun-Eintopf gemacht. Den würde ich gerne essen. Ich weiß auch noch, wie das geht.« Leonie wirft ihre roten Haare in den Nacken und schaut uns forsch an.

»Klingt super!«, freut sich Konrad und grinst breit.

»Und ich dachte immer, dass man beim Zelten nur Ravioli aus der Dose isst«, wirft Sunny lachend ein.

Sebastian schaut von seiner Liste auf. »Können wir auch. Ganz wie ihr wollt.«

»Na, dann werft mir doch eine Dose in den Einkaufswagen, ja?«, bittet Sunny.

Irgendwie sollte ich wohl auch mal was beitragen. »Ich kann leckeres Omelett machen. Das geht doch, oder? Eier können wir transportieren, die halten ja auch ungekühlt. Und Pfannen haben wir dann auch?«

»Ich hasse Omelett«, stöhnt Leonie und wirft erst Lisa, dann Konrad einen gequälten Blick zu.

Kann sie mich nicht einfach mal in Ruhe lassen? Wie kann man Omelett nicht mögen? Das ist doch die reinste Schikane! Glücklicherweise ergreift Sebastian meine Partei.

»Omelett ist super. Gerade zum Frühstück, denn Ei macht gut satt. Und wer's nicht mag, kann ja Toast essen. Alles prima. Sonst noch Vorschläge?« Doch nun kommt nichts mehr. »Gut, ich denke, das ist auch für die ersten zwei Tage genug. Ich schreibe euch die Liste bis morgen früh noch mal ab. Wer geht denn mit zum Einkaufen?«

Leonie und Lisa sehen sich an und melden sich dann. »Wir brauchen aber auch noch männliche Unterstützung«, sagt Leonie mit Seitenblick auf Konrad.

»Klar, wir kommen mit«, sagen Christian und Konrad zeitgleich.

»Gut. Und wir anderen packen in der Zwischenzeit.« Sebastian ist zufrieden. »Holt doch jetzt mal den Kram runter, den ihr morgen mitnehmen wollen würdet. Dann schauen wir, ob wir das alles verstaut kriegen. Vergesst auch die Isomatten und Schlafsäcke nicht. Braucht jemand einen Packsack oder habt ihr alle wasserfestes Zeug dabei?«

Schüchtern melde ich mich. Klar, ich bin die Einzige.

Anlass genug für Leonie, Lisa in die Seite zu piken. Doch für Sebastian ist das zum Glück kein Problem. »Okay, Mara, dann komm kurz mit. Ich hole jetzt die Zelte aus dem Schuppen, da liegen auch noch Packsäcke rum. Du kannst dir einen nehmen. Also, alle los und in zehn Minuten treffen wir uns wieder hier.«

Ich folge Sebastian in einen Schuppen neben dem Haus, wo er mir einen neongrünen, aber reichlich abgenutzten Packsack reicht. Nicht toll, aber was bleibt mir anderes übrig?

»Sag mal«, nutze ich die Gelegenheit. »Gibt es wirklich keine Chance, dass ich die Gruppe wechsele?« Hitze steigt mir ins Gesicht.

Sebastian schüttelt den Kopf. »Nein, leider. Das bringt zu viel Unordnung rein, tut mir leid.«

»Ich weiß. Es ist nur so blöd, weil das alle Geschwister und Freunde sind. Nur ich nicht.«

Nun winkt Sebastian ab. »Ach, mach dir keine Sorgen. Ich bin mir sicher, dass du dich gut in die Gruppe einfügen wirst. Sind doch alle nett.«

Tapfer nicke ich, obwohl ich einen dicken Kloß im Hals spüre.

Weil die Zeit drängt, flitze ich in mein Zimmer, durchwühle meine Klamotten und werfe alles für die nächsten vier Tage in den Sack, der leider auch ein wenig müffelt. Mist, Mist, Mist! Aber es bleibt keine Zeit, um Trübsal zu blasen. Ich muss schnell wieder runter. Es passt erstaunlich viel in den Sack hinein, sodass er am Ende nur dreiviertelvoll ist. Dann schnappe ich mir die Isomatte und den Schlafsack und renne wieder runter.

12. Kapitel

»Also, wir teilen uns folgendermaßen auf die drei Kanus auf …« Wir sitzen im Kreis auf der Wiese, Sebastian schaut uns einen nach dem anderen an. »Konrad und Christian nehmen ein Boot, Sunny, Pia und Mara das zweite, und das dritte besetzen Leonie, Lisa und ich. So sollte das einigermaßen hinkommen, denke ich.«

Endlich kann ich mal aufatmen. Immerhin bleibt es mir erspart, mir mit der Oberzicke ein Boot zu teilen! Und mit Sunny und Pia werde ich schon zurechtkommen. Zumindest lächeln mir beide fröhlich zu.

»Dann lasst uns mal euer Equipment checken. Isomatte und Schlafsack hat jeder, oder?« Sebastians Blick fliegt über unser Gepäck. »Dann holt doch bitte mal alle euer Campinggeschirr raus und alles, was ihr sonst noch an Utensilien dabeihabt. Außer den Klamotten für die vier Tage.«

Langsam hole ich meinen teuer erstandenen Kram aus dem Outdoor-Geschäft hervor. Wie auch schon bei Josy sehen die Sachen, die die anderen zutage zaubern, recht angeschlagen aus. Ich bin die Einzige, die durchgehend nagelneues Zeug dabeihat. Und ich bin auch die Einzige, die so viele Sachen dabeihat.

»Okay, bitte alle mal hochhalten und anschließend wieder einpacken«, fordert Sebastian uns auf.

»Campinggeschirr.« Alle halten ihre Becher und Teller hoch. Sebastian mustert alles gründlich und nickt dann.

»Besteck.« Wieder halten alle irgendwelche Messer-und-Gabel-Sets in die Höhe.

»Lampen jeglicher Art.«

»Handtücher.«

Brav halten wir die jeweils gewünschten Sachen hoch.

»Sehr gut. Ihr seid alle bestens vorbereitet, super! So, das sind die Basics. Und was habt ihr jetzt noch?«

Vor Sunny und Pia liegt noch ein Moskitonetz. Hm, gute Idee. Konrad hat ein Messer mit tausendundeiner Funktion dabei und ein kleines Angelset. Christian hat ein Sturmfeuerzeug eingepackt. Leonie und Lisa haben ebenfalls aufblasbare Kopfkissen eingesteckt. Sebastian nickt alles gnädig ab. Nun präsentiere ich mein Kopfkissen und mein Solarladegerät fürs Handy. Und das nimmt Sebastian ganz genau unter Augenschein.

»Tja, Leute, auch so ein Thema, über das wir sprechen müssen – Handys.« Er schnappt sich mein Ladegerät und hält es in die Luft. Ich werde ein bisschen rot. »Zusätzliche Ladegeräte braucht ihr hier wirklich nicht.« Verdammt, denke ich und Sebastian fährt fort: »Wir sind auf dem Wasser unterwegs, da ist eh kaum Empfang. Außerdem sind wir immer zusammen. Redet lieber miteinander, als vor euren Smartphones zu sitzen. Ich rate euch, die Handys einfach hier im Haus zu lassen. Wer trotzdem nicht auf sein Handy verzichten kann, darf es natürlich mitnehmen. Aber sie werden nur abends beim Lagerfeuer angemacht. Und weil wir nach zwei Tagen Reise eh auf dem Campingplatz sind, wo ihr auf normale Steckdosen zugreifen könnt, braucht ihr also nur ein normales Ladegerät. Solarladegeräte könnt ihr hierlassen, die nehmen uns nur Platz weg.« Er gibt mir das Gerät zurück. »Ich habe natürlich ein Notfallhandy dabei.«

»Und wenn wir unterwegs Fotos machen wollen?«, fragt Konrad nun mit zusammengezogenen Augenbrauen.

»Ich habe auch eine Spezialkamera dabei, die könnt ihr alle jederzeit benutzen. Die wird mal im einen, mal im anderen Boot sein, sodass jeder sie nehmen kann. Die Fotos lade ich am Ende der Reise in ein passwortgeschütztes Forum im Internet, okay?«

So richtig zufrieden sind wir alle nicht, das merkt Sebastian sofort. Lange Gesichter überall.

»Leute, ihr werdet schon mal ein paar Tage ohne Handy auskommen!«

Für mich kommt das überhaupt nicht infrage. Ich werde mein Handy mitnehmen, auch wenn ich auf meine Solarladestation verzichten muss. Und immerhin habe ich ja die wasserdichte Hülle gekauft. Selbst wenn es ins Wasser fallen würde, wäre es geschützt. Also! So ganz abgeschnitten von der Außenwelt möchte ich auf keinen Fall sein!

»Gut«, fährt Sebastian nun fort. »Dann packen wir noch zwei, drei Bunsenbrenner ein und eine Klappschaufel. Kann man immer brauchen. Und natürlich die Zelte. Wie viele brauchen wir?« Er schaut uns fragend an.

»Christian und ich gehen in ein Zelt«, sagt Konrad und legt seinem Kumpel den Arm um die Schulter.

Sunny hebt die Hand. »Pia und ich natürlich auch.«

»Leonie und ich teilen uns auch ein Zelt«, meldet Lisa an.

»Gut. Betreuer sind immer alleine im Zelt. Was machen wir mit dir, Mara?«

Ratlos zucke ich mit den Schultern.

»Entweder du gehst auch alleine in ein Zelt oder du gehst zu Lisa und Leonie – das ist das einzige Mädchenzelt.«

Ich erstarre. Auf gar keinen Fall! Das denkt Leonie wohl auch, denn sie will schon zum Sprechen ansetzen – und das wäre gewiss nichts Nettes gewesen –, doch ich bin schneller: »Ich gehe alleine in ein Zelt, das ist mir lieber.«

Sebastian nickt. »Gut, also fünf Zelte.« Er klopft auf die Zeltrollen neben sich. »Dann haben wir jetzt alles, denke ich, und packen mal Probe. In das Kanu von Konrad und Christian kommt die Tonne mit unserer Verpflegung und außerdem noch zwei große Wasserkanister. Das Gepäck teilen wir auf die anderen Boote auf. Lasst uns mal sehen, ob das passt.«

Nun erklärt er uns, wie wir ein Kanu so packen, dass es vom Gewicht her gut verteilt ist und nicht in Schieflage gerät.

Sunny kennt sich schon ein wenig aus und belädt unser Kanu sehr professionell. Irgendwie kriegen wir auch alles verstaut. Sebastian ist zufrieden. Leider müssen wir nun erst mal alles wieder auspacken, damit wir zur Probetour starten können. Als wir fertig sind, wirft Sebastian uns die Rettungswesten zu. »Super, dann dreht ihr jetzt mal eine Proberunde. Mädels, kriegt ihr das ohne mich hin?« Er wirft Lisa und Leonie einen prüfenden Blick zu. Die nicken.

Sebastian reckt einen Daumen in die Höhe. »In einer Viertelstunde startet ja dann auch schon das Anpaddeln.«

Sunny, Pia und ich ziehen unser Kanu ins Wasser.

»Willst du Steuermann sein?«, fragt Sunny, bevor ich einsteige.

»Nee, ich glaube nicht, dass ich das kann.« Ich verziehe das Gesicht.

»Kein Ding, dann mache ich das. Ich war schon mal Kanufahren, ich denke, ich kriege das hin.« Er grinst und entblößt seine weißen Zähne.

»Klar, kriegst du das hin!« Pia strahlt ihren großen Bruder an, und man sieht, wie sehr sie ihn vergöttert.

»Macht ihr solche Reisen eigentlich öfter zusammen?«, frage ich neugierig.

Pia schüttelt den Kopf. »Nein. Es ist das erste Mal, dass Sunny mich mitnimmt.«

Interessiert wende ich mich an Sunny. »Aber du alleine hast so was schon mal gemacht?«

Er nickt. »Unsere Eltern arbeiten viel, da müssen sie immer sehen, wie sie uns in den Ferien versorgt kriegen. Darum mache ich das jetzt schon zum dritten Mal.«

»Zum dritten Mal diese Reise?«, frage ich ungläubig. Wie kann man so was freiwillig machen?

Sunny lacht. »Nein! Das Kanucamp mache ich zum ersten Mal. Die letzten beiden Jahre war ich in den Fußballferien.«

»Wow«, mache ich wenig begeistert und wir müssen alle lachen. Dann steigen wir ins Kanu, und sobald ich sitze, ist wieder alles gut. Wir paddeln zu dritt eine Weile über den See und finden auch recht schnell einen gemeinsamen Rhythmus.

Bald ertönt vom Ufer ein Pfiff. Sunny sorgt mit seinem Paddel dafür, dass wir wenden und zurückrudern. Am Ufer stehen die Betreuer, teilweise liegen die Kanus noch vor ihnen, teilweise winken sie die Kanus, die auf dem Wasser unterwegs sind, zu sich heran. Insgesamt sind es zwölf Boote, drei pro Gruppe. Auf dem Wasser gibt es ein kleines Chaos, weil jedes Boot versucht, zum jeweiligen Betreuer zurückzukommen, und sich die Wege dabei unweigerlich kreuzen, aber bald sind alle wieder an Land.

»Zum Aufwärmen machen wir einen kleinen Staffellauf«, ruft Martin laut, damit alle ihn hören. »Unsere vier Gruppen treten gegeneinander an. Chris und Sebastian werden jetzt vier Markierungen im Wasser befestigen. Jeweils ein Boot pro Gruppe startet vom Land aus, paddelt bis zur Markierung und drum herum, dann geht's wieder zurück ans Land. Wenn ihr abgeklatscht habt, darf das zweite Boot starten – nicht vorher! Wir kontrollieren das genau. Die Gruppe, die zuerst mit allen drei Kanus wieder am Ufer ist, hat gewonnen.«

Ein paar Leute klatschen lautstark in die Hände oder hauen sich gegenseitig aufmunternd auf die Schultern.

»Was ist denn der Preis?«, fragt einer von den großen Jungs.

Nun ergreift Annett das Wort: »Das Siegerteam braucht sich heute um nichts mehr zu kümmern. Keinen Abwasch, kein Holzsammeln. Dafür dürfen sie bestimmen, was wir heute Abend machen. Disco oder Spiele. Marshmallows grillen oder Fußball.«

Das sorgt für begeisterten Applaus, ist ja auch eine großartige Sache!

Aufgeregt sprechen wir Kraniche uns kurz ab, in welcher Reihenfolge wir starten. Leonie und Lisa fangen an, danach kommen Sunny, Pia und ich und als Letztes starten dann Christian und Konrad.

Ein Pfiff ertönt, und schon schieben Leonie und Lisa sowie die anderen ersten Teilnehmer der Teams ihre Boote ins Wasser. Ich sehe Josy, die mit Keanu und einem anderen Jungen zusammen in einem Boot sitzt. Die sind richtig schnell. Aber Leonie und Lisa sind auch ziemlich gut. Sie paddeln wie verrückt und machen eine perfekte Wende um die Markierung. Schließlich kommen sie als Zweite am Ufer an.

»Sehr gut«, feuert Sebastian uns an, während die beiden Mädchen ihr Kanu aus dem Wasser schieben. Konrad und Christian hauen uns aufmunternd auf den Rücken. Lisa und Pia schlagen ab, dann beginnen Sunny, Pia und ich unser Kanu ins Wasser zu schieben und steigen ein. Sunny hilft mir dabei. Pia ist vorne, ich in der Mitte und Sunny hinten. So wie gerade eben schon beim Probepaddeln. Wir sind schnell gestartet und können so erst mal den zweiten Platz halten.

»Eins, zwei, eins, zwei«, ruft Sunny von hinten und es läuft richtig gut. Wir kommen beinahe an das Kanu der Libellen ran, so schnell sind wir. Doch dann – ich habe keine Ahnung, wie das passieren kann – rutscht mir beim Umgreifen das Paddel aus der Hand. Hektisch beuge ich mich zur Seite, versuche noch, es zu greifen, aber Sunny ruft schon: »Sitzen bleiben!« Und recht hat er, denn das Kanu verändert prompt seine Fahrlinie und Sunny hat alle Hände voll zu tun, damit wir nicht zu sehr nach links abdriften.

»Sorry!«, rufe ich ihm zu, doch er zuckt nur lachend die Schulter. »Passiert eben.«

Jetzt sitze ich im Boot und kann gar nichts machen. Hilflos schaue ich mich um, doch es ist, wie es ist. Die anderen beiden mühen sich ab, aber nach und nach verlieren wir unseren Vorsprung und werden sogar noch von den Mücken überholt. Mist! Ich fühle mich richtig blöd.

Zum Glück wenden wir endlich und steuern wieder aufs Ufer zu. Mein Paddel treibt irgendwo auf dem See herum, ich kann es nicht mehr sehen. Ich hoffe nur, dass wir es nachher wiederfinden!

Immerhin gelingt es uns nach diesem Desaster, nicht völlig abzuschmieren. Zwar sind wir nur noch auf dem dritten Platz, aber immerhin nicht Letzte, als wir mit Konrad und Christian abschlagen. Aber ob die jetzt noch mal aufholen können, ist fraglich.

»Mann, wie bescheuert!«, schimpft Leonie an Sunny gewandt. »Wie kann man denn so blöd sein und sein Paddel verlieren?«

»Reg dich nicht so auf, das kann doch jedem mal passieren.« Sunny bleibt ganz ruhig und lässt Leonie einfach links liegen. Wie nett von ihm!

»Tut mir leid mit dem Paddel«, sage ich kleinlaut zu Sebastian, doch der winkt nur ab.

»Kein Ding. Das hole ich nachher zurück. Und in Zukunft bekommt ihr alle ein Reservepaddel von mir ins Boot gelegt.« Er grinst und ich finde ihn gerade richtig nett. »Schau mal lieber, was die da machen!« Er deutet auf den See. Als ich mich umdrehe, sehe ich, dass das Kanu der Mücken gekentert ist. Oje, dagegen ist mein verlorenes Paddel ja wirklich eine Kleinigkeit.

»Braucht ihr Hilfe?«, schreit Chris, doch die drei winken ab und versuchen, das Kanu wieder zu erklimmen.

Währenddessen sind die Libellen als Erstes ins Ziel eingelaufen. Sie fallen sich jubelnd in die Arme, während Chris und Sebastian in den See springen, um mein Paddel zu holen und mit den Mücken das Kanu an Land zu bringen.

»Mann, die hätten wir schlagen können«, motzen Leonie und Lisa. Und weil ich mir den Rest ihrer Lästerei nicht auch anhören möchte, laufe ich rüber zu Josy, die wegen ihres Sieges völlig außer Rand und Band ist.

13. Kapitel

Der letzte Abend im Basiscamp ist angebrochen. Alle sind aufgeregt wegen der kommenden Tage. Die Salamander haben sich eine gewaltige Tour vorgenommen. Die werden wir während unserer Fahrt vermutlich nicht treffen. Aber es kann sein, dass wir die Libellen auf dem Campingplatz am zweiten Tag sehen werden. Immerhin ein kleiner Lichtblick!

Die Libellen sind nach ihrem gewonnenen Staffellauf auch diejenigen, die die Abendplanung gestalten dürfen. Sie haben sich für Disco und Marshmallows-Grillen entschieden, darum dröhnt jetzt laute Musik aus dem Haus. Immerhin bis 22 Uhr dürfen wir bei dieser Lautstärke feiern. Aber mir ist gar nicht nach Tanzen zumute. Ich mache mir ein wenig Sorgen wegen morgen und der nächsten Tage. Das blöde Paddel und Leonies Ätzereien haben das nicht gerade verbessert. Irgendwann ziehe ich mich auf mein Zimmer zurück und rufe bei Mom an.

»Hey, Schatz«, begrüßt sie mich freudig. Ein Wunder, dass sie ans Telefon geht. Wir hatten Probleme, uns in den letzten zwei Tagen zu erreichen, haben immer aneinander vorbeitelefoniert.

»Hey, wie geht's? Wie isses bei dir?«

»Schatz, hier ist alles gut. Sehr, sehr anstrengend, aber ich lerne wirklich viel und treffe lauter wichtige Leute«, erzählt sie.

Ich nicke müde und stelle mir vor, wie Mom gerade in ihrem Hotelzimmer sitzt. »Siehst du denn auch was von London?«, will ich wissen.

»Hm«, macht sie nun. »Nicht wirklich. Dafür bleibt kaum Zeit. Aber wir sollen am Ende der Woche noch eine kleine Stadtführung bekommen. Mal sehen.« Sie holt tief Luft. »Aber viel mehr interessiert mich, wie es bei dir im Camp ist. Sag schon, hast du Spaß?«

»Ach, es ist alles gut hier.« Natürlich versuche ich mein mulmiges Gefühl zu überspielen. Doch Mom wird sofort hellhörig. Skeptisch fragt sie nach: »Ja? Wirklich?«

»Mhm. Morgen starten wir zu den Kanutouren«, berichte ich, diesmal mit so viel Fröhlichkeit in der Stimme wie nur möglich.

»Ach, toll. Verbringst du denn viel Zeit mit dem netten Mädchen, das du kennengelernt hast?« Ich hatte Mom zumindest über WhatsApp auf dem Laufenden gehalten.

»Ja, schon, aber die ist jetzt leider in einer anderen Gruppe.«

»Schade. Aber in deiner Gruppe sind bestimmt auch nette Kinder, oder?«

Wären wir jetzt zu Hause, würde ich ihr von Leonie erzählen. Und auch von dem Staffellauf. Aber hier am Telefon möchte ich sie nicht beunruhigen. Darum sage ich nur: »Ja klar. Die sind alle ganz nett hier.«

Sie nimmt es mir ab. »Das freut mich. Dann wirst du bestimmt ganz viel Spaß haben!«

»Klar!«, antworte ich tapfer und spüre einen dicken Kloß im Hals. Da hilft nur eins: schnell das Telefonat beenden, bevor Mom wieder skeptisch wird. »Du, ich muss jetzt wieder runter. Heute findet hier eine große Abschiedsparty statt.«

»Party? Na, das klingt doch großartig. Dann ganz, ganz viel Spaß! Melde dich mal von der Tour, ja?«

»Mach ich. Wir dürfen die Handys aber nur abends benutzen.«

»Na, das ist doch auch mal gut. Melde dich einfach, wenn's zwischendurch passt. Ich lieb dich, bis bald!«

Es klickt in der Leitung. Nun versuche ich noch Leni zu erreichen, aber da geht keiner ran. Gerade überlege ich, ob ich noch jemand anrufen sollte, bevor die Handyeinöde beginnt, als die Zimmertür aufspringt.

»Hey! Was machst du denn hier?« Josy-Wirbelwind stürmt ins Zimmer.

»Ich hab nur mal kurz telefoniert.« Schuldbewusst winke ich mit meinem Handy.

Josy steht mit tropfenden Klamotten vor dem Kleiderschrank und sieht mich mit schief gelegtem Kopf an. »Alles klar bei dir?«

Ich lache künstlich. »Na logisch!« Der Kloß sitzt noch immer fest in meinem Hals.

»Wie ist deine Truppe?« Nun reißt Josy ihre Kleider aus dem Schrank, bis sie ein T-Shirt in den Händen hält, das ihr wohl zusagt. Kurz entschlossen zieht sie ihr altes, nasses

Shirt über den Kopf, schmeißt es in eine Ecke und streift das neue über. Als sie meinen fragenden Blick sieht, zuckt sie mit der Schulter. »Keanu und ich hatten eine kleine Wasserschlacht.« Sie grinst verschwörerisch. »Der ist soooo süüüüüß!« Glücklich lässt sie sich auf ihr Bett fallen und verschränkt die Arme hinter ihrem Kopf. »Und du bist ja mit Sunny in einer Gruppe.« Sie wackelt vielsagend mit ihren Augenbrauen.

Ich winke ab. »Ach, lass mal gut sein. Ich hab gar kein Interesse an einem Ferienflirt.«

»Hmmmm«, macht Josy nun. »Das kann ich gar nicht verstehen. Na, erst mal abwarten. Erzähl mal, wie es in deiner Gruppe so ist.«

Ich berichte ausführlich von Leonies Reaktion, nachdem ich das Paddel verloren habe. Mich ärgert das alles sehr. Aber es tut wahnsinnig gut, mit jemand darüber zu reden. Josy hört mit großen Augen zu. »Lass dir von so einer Kuh nicht die Laune verderben! Komm, wir gehen runter und feiern deinen Frust weg, ja?« Sie hakt sich bei mir unter und gemeinsam rennen wir die Treppe hinunter in den Garten.

Langsam fängt es an zu dämmern. In den Bäumen hängen Lampions, das Lagerfeuer brennt und es läuft coole Musik. Ja, die Libellen haben alles richtig gemacht und bescheren uns einen tollen Abschiedsabend. Als Erstes setzen Josy und ich uns ans Lagerfeuer und grillen Marshmallows, die herrlich süß und klebrig sind. Ich genieße es, ins Feuer zu schauen, mag das Knacken des Holzes, und wenn man dann noch Stockbrot oder Marshmallows essen kann, ist das schon ziemlich perfekt.

Josy und ich plappern und lachen. Ein paar Leute gesellen sich zu uns und bald sind wir eine echt nette Runde. Auch Konrad und Christian kommen irgendwann dazu. Beide schnaufen schwer, sie haben wohl ausgiebig getanzt.

»Hey, ihr!«, begrüße ich die zwei selbstbewusster als üblich. Josys Art färbt wohl auf mich ab.

»Hey, Team-Kollegin!«, grüßt Konrad zurück und die beiden setzen sich neben uns.

»Sorry noch mal wegen des Paddels«, sage ich geknickt, doch Christian winkt nur ab und Konrad sagt: »Ach komm, das hätte jedem von uns passieren können.«

Ja, es ist aber ausgerechnet mir passiert, denke ich, spreche es aber nicht laut aus. Trotzdem nicke ich dankbar.

»Außerdem haben die Libellen doch einen super Abend organisiert«, sagt Christian und zwinkert Josy zu.

»Habt ihr schon gepackt?«, frage ich nun.

Christian schüttelt den Kopf. »Nö. Machen wir morgen früh. Wir starten ja erst um zehn.«

»Wenn die Mädels es schaffen, bis dahin alles einzukaufen.« Konrad lacht.

Natürlich haben sich Leonie und Lisa gemeldet, mit Sebastian morgen früh in den Supermarkt zu gehen und den Proviant für die ersten beiden Tage zu besorgen.

Ein lautes »Hey!« erklingt hinter uns. Erschrocken fahren wir um. Na toll, die Oberzicken, die mit den Armen in den Seiten dastehen.

»Wo seid ihr denn plötzlich hin?«, fragt Leonie nun zuckersüß an Konrad gewandt. »Die Musik war doch voll cool gerade.«

»Wir brauchten mal 'ne Pause vom Tanzen«, erklärt Konrad und schnappt sich einen der herumliegenden Stöcke. »Außerdem brauche ich unbedingt noch ein Grillwürstchen.«

»Hm«, macht Leonie mit Seitenblick auf mich. Vermutlich checkt sie kurz aus, ob sie sich irgendwo dazwischensetzen kann. Aber vor dem Lagerfeuer sind wirklich alle Plätze belegt. »Dann kommt ihr aber wieder?«, fragt sie hoffnungsvoll.

»Ja klar. Wenn wir uns gestärkt haben.« Nun pikst Konrad eine Wurst auf den Stock und hält sie über das Feuer.

Missgelaunt zieht Leonie ab, Lisa trottet ihr wieder hinterher wie ein Hündchen.

»Dass die beiden immer nur im Doppelpack auftreten – komisch«, sagt Josy laut. Ich knuffe sie in die Seite. Sie soll jetzt bloß nicht ein großes Fass aufmachen!

»Och, ich glaube, sie ist ganz okay, kann das nur nicht so zeigen«, sagt Konrad und dreht seinen Würstchenstock im Feuer.

Nachdenklich schaue ich ihn an. Meint er das wirklich so? Vielleicht bin ja ich hier die Komplizierte? Und Leonie in Wahrheit ganz nett?

Bevor mir der Kopf brummt, hole ich mir lieber noch ein Marshmallow. Und als Josy mich anlacht, wische ich alle trüben Gedanken beiseite und laufe mit ihr zum Tanzen.

14. Kapitel

Am nächsten Morgen geht es reichlich turbulent zu im Camp. Alle wuseln durcheinander, packen ihre Taschen und verstauen die Sachen, die sie nicht auf die Tour mitnehmen, in einem dunklen Raum im Keller.

Hier werden Kanus beladen, dort Wasserkanister aufgefüllt und noch mal die Ausrüstung gecheckt. Ich versuche, mich von der Hektik nicht anstecken zu lassen. Sorgsam lege ich meine dreckige Wäsche in den Rucksack, der hierbleibt, und die frische Wäsche in den geliehenen Packsack. Kosmetiktasche ebenfalls in den Packsack, Solarladegerät in den Rucksack. Alles will gut durchdacht sein.

Josy hingegen pfeffert ihre Sachen einfach irgendwo rein. Ein Konzept hat sie beim Packen nicht, glaube ich. Als wir die Schränke leer geräumt haben, ist die Zeit für unseren Abschied gekommen. Mein Bauch fühlt sich ganz komisch an.

»Wir sehen uns spätestens in vier Tagen und vielleicht sogar schon am Freitag auf dem Campingplatz. Ich freu mich jetzt schon drauf!« Josy umarmt mich stürmisch. »Deine Nummer hab ich. Ich schicke dir Fotos von unterwegs, wenn ich es schaffe, ja? Du nimmst dein Handy doch auch mit, oder?«

Ich nicke nur stumm.

»He, lass den Kopf nicht hängen!« Nun sieht sie mich mit schief gelegtem Kopf an. »Machst du dir Sorgen wegen der Zicken?«

Wortlos nicke ich, woraufhin Josy mich noch einmal fest in den Arm nimmt. »Ach Quatsch. Lass die einfach links liegen. Freu dich lieber, dass auch nette Leute dabei sind. Konrad und Christian sind doch voll in Ordnung. Na, und Sunny …« Wieder wackelt sie mit den Augenbrauen.

Tapfer nicke ich. »Ich geb mir Mühe, versprochen. Dir auch viel Spaß, ja?«

»Juchhu, das wird großartig, Maralein!« Josys Fröhlichkeit ist so wahnsinnig ansteckend, das tut richtig gut – auch wenn der Abschied naht. Es klopft an der Zimmertür und Keanu steckt seinen Kopf zu uns herein.

»Morgen, Mädels! Sorry, ich trenne euch nur ungern, aber wir fahren jetzt los, Josy.«

Wie ein Flummi springt Josy auf und ab. »Jaaa! Ich komme!«

Keanu schaut uns fragend an. »Wart ihr eigentlich gestern auch noch bei der Geheimparty?«

»Hä?«, machen Josy und ich gleichzeitig.

»Na, ein paar Kids haben sich wohl nach dem Zapfenstreich noch mal aus den Zimmern geschlichen und haben weitergefeiert. Dachte, ihr wärt dabei gewesen.« Mit großen Augen schaut er uns an.

Josy pikst ihn in die Seite. »Niemals! Sonst hätte ich dich nämlich aus dem Bett geholt zum Mitfeiern.«

Keanu grinst so breit, wie man nur grinsen kann. »Na dann. Jetzt aber los, die anderen warten schon!«

Wir rennen die Treppen hinunter. Noch einmal drückt Josy mich fest an sich und läuft mit Keanu zu den Libellen-Kanus. Achtlos wirft sie ihre Tasche in ihr Kanu, doch Keanu verstaut alles lachend an der richtigen Stelle. Dann hilft er ihr beim Einsteigen. Ich bin mir ganz sicher, dass es zwischen den beiden in den nächsten Tagen funken wird. Josy dreht sich noch einmal um und ich winke ihr wie wild zu. Schon stechen die Libellen als erste Gruppe in See. Ich bleibe lange am Ufer stehen und winke, bis ich Josy nicht mehr sehen kann.

»Kannst du vielleicht mal mit anpacken?«, ätzt Leonie hinter mir. Ich drehe mich um. Da steht sie mit vollgepackten Tüten und schaut mich vorwurfsvoll an. Lustlos reiße ich ihr eine Tüte aus der Hand. Das tue ich leider so schwungvoll, dass dabei zwei Konservendosen herauspurzeln.

»Mann, jetzt pass doch mal auf!«, keift Leonie mich an, doch ich reagiere gar nicht darauf. Ich beschließe einfach, Josys Rat so gut wie möglich zu befolgen und Leonie zu ignorieren.

An unseren Kanus stelle ich die Tüte ab und packe mit Sebastians Hilfe die Lebensmittel in die dafür vorgesehene Verpflegungstonne.

Sunny und Christian schleppen gerade einen der Wasserkanister an und hieven ihn ins Boot. Grinsend schaut Sunny mich an. »Na, bist du fit?«

»Klar, ich war pünktlich im Bett. Und du?«

Sunny verzieht scherzhaft das Gesicht. »Also, ich bin immer ganz brav!«

»Mhm«, mache ich gespielt ungläubig.

Wir müssen beide lachen.

»So, ihr zwei, habt ihr alle eure Sachen verstaut?« Sebastian kommt zu uns. »Denn dann könnten wir langsam mal los. Die Strecke ist nämlich gar nicht so kurz heute.«

»Ja, ich bin bereit«, antwortet Sunny.

»Ich auch.« Ich atme tief durch und versuche, mein mulmiges Gefühl runterzuschlucken. Es sind ja wirklich ein paar nette Leute in der Truppe, das kriege ich schon hin. Als wir am Kanu dann noch die fröhliche Pia treffen, bin ich bereit, diese vier Tage in Angriff zu nehmen.

Und so paddeln wir kurz darauf los. Sebastian mit Leonie und Lisa vorneweg, Christian und Konrad in der Mitte und Sunny, Pia und ich als Schlusslicht.

Wir fahren immer in der Nähe des Ufers, vorbei an schönem Schilf, das sich sanft im Wind wiegt. Hier und da sitzen Reiher auf Holzbohlen und genießen die Sonne. Das Wetter ist richtig herrlich. Ich hoffe, dass es nicht zu heiß wird, sonst beginnt man unter den Schwimmwesten sicher zu schwitzen. Motorboote kommen uns entgegen und auch andere Ruderer. Die meisten grüßen freundlich, das finde ich nett.

Sebastian verlangsamt immer mal wieder oder steuert sein Boot neben uns, um uns was zur Landschaft zu erzählen. Hier gibt es über tausend Seen, die in der Eiszeit entstanden sind. Ein Vogelschutzgebiet da, eine alte Mühle dort. Seine Ausführungen interessieren mich nicht so sehr, aber ich muss wirklich zugeben, es ist sehr schön.

Ich sitze heute vorne in unserem Boot, kann mich also nur schwer mit meinen Kanugenossen unterhalten, weil ich mich dazu immer nach hinten umdrehen müsste. Aber ich lausche den Gesprächen von Pia und Sunny. Wirklich nett und lustig, die zwei. Sie kommen aus der Nähe von Hamburg, die Eltern haben eine Zahnarztpraxis und recht viel Geld, glaube ich.

Den Großteil der Zeit verbringe ich also mit Schweigen, Denken und Schauen. Ich denke an Leni, meine Mutter, die Schule, frage mich, was unsere Klassenkameraden gerade so erleben, ob mein Vater, seine Frau und die Kids Emma und Ethan auch schon in ihren Sommerurlaub in Florida gestartet sind. Ob die mich wohl mal nach Amerika einladen? Mein Vater wohnt da jetzt schon seit fünf Jahren, aber besucht habe ich ihn noch nie. Wir sehen uns nur einmal im Jahr – öfter kommt er nicht nach Deutschland. Die Zwillinge habe ich noch nie getroffen, die sind aber auch erst zwei Jahre alt.

Irgendwann wird das Paddeln anstrengend, doch gerade, als mein Rücken zu schmerzen beginnt, gibt uns Sebastian ein Zeichen, dass wir anhalten sollen.

»Wir fahren jetzt gleich unter einer Brücke hindurch in den nächsten See. Kurz danach gibt es eine kleine Badestelle, da können wir anhalten, etwas verschnaufen und ein Picknick machen, was meint ihr?«

Alle nicken begeistert. Erst jetzt merke ich, dass ich wirklich schon Hunger habe. Dabei sind wir erst seit zwei Stunden unterwegs. Und so paddeln wir schnell weiter in den nächsten See.

»Hier sind keine Motorboote mehr erlaubt«, ruft Sebastian uns zu. »Nun wird es also noch beschaulicher. Und da drüben«, er deutet mit dem Zeigfinger aufs Ufer, »ist unsere Badestelle.«

Ich erkenne einen schmalen Streifen Sandstrand zwischen den Bäumen, die diesen See hier umrahmen. Neben einem Steg, der in den See hineinreicht, steht ein hölzernes Haus. Als wir näher rankommen, erkenne ich, dass es sich um eine Pension handelt.

Wir rudern ans Ufer, ziehen unsere Kanus an Land und packen alles für unser Picknick aus. Ich habe riesigen Kohldampf. Leonie und Lisa tuscheln und kichern, Konrad und Sebastian fachsimpeln über die beste Art, ein Lagerfeuer anzuzünden, Sunny und Christian plaudern übers Skaten. Ich würde mich gerne mit Pia unterhalten, aber die sitzt mir gegenüber und ich komme nicht an sie ran. Also mampfe ich still vor mich hin und freue mich über die erholsame Auszeit.

»Wir fahren nachher noch zur anderen Seite dieses Sees. Das dauert vielleicht anderthalb bis zwei Stunden. Da befindet sich dann ein Wasserwanderrastplatz, auf dem wir unsere Zelte für die Nacht aufschlagen können. Der Rastplatz ist ziemlich einfach. Es gibt zwar fließendes Wasser, aber die Toiletten sind nicht daran angeschlossen.«

»Örks«, entfährt es mir. »Heißt das, es sind Plumpsklos?«

Sebastian lacht. »Ja, so was in der Art.«

Spontan beschließe ich, heute gar nicht mehr auf die Toilette zu gehen.

Sebastian erzählt schon weiter: »Da können wir jedenfalls ein Lagerfeuer machen und kochen. Und morgen früh müssen wir über eine Umtragestelle weiter zum nächsten See.«

»Und was heißt das?«, will Pia wissen. Ich bin froh, dass ich nicht die Einzige bin, die das nicht weiß.

»Ich habe euch ja gesagt, dass wir viele Seen durchfahren

bei unserer Tour. Manche Seen sind aber nicht direkt miteinander verbunden, sodass wir den Landweg nehmen müssen«, erklärt Sebastian.

Pia zieht die Stirn in Falten. »Also müssen wir die Kanus tragen?«

»Ganz genau!« Sebastian nickt. »Und auch all unser Gepäck, die Kanister und so weiter. Alles, was wir eben dabeihaben. Darum haben wir im Vorfeld kontrolliert, dass wir nicht zu viel überflüssigen Kram mitnehmen.«

»Uff«, macht Pia, doch Sebastian beruhigt sie: »Keine Sorge, die Strecken sind nicht weit. Manchmal nur ein paar Meter, manchmal natürlich auch etwas mehr. Aber das schaffen wir locker. Das wird auf unserer Tour auch nur zwei- oder maximal dreimal passieren. So, und jetzt können wir hier an der Badestelle noch ein Stündchen Zeit verbringen, dann sollten wir aber weiter, damit wir nicht zu spät am Rastplatz ankommen, okay?«

Leonie und Lisa springen sofort auf und reißen sich ihre Klamotten vom Leib. Jubelnd laufen sie in den See. Sunny und Pia tun es ihnen gleich, aber ich lege mich lieber in den Sand und genieße die Sonne. Konrad und Christian legen sich neben mich und wir plaudern ein wenig. Das tut gut.

Viel zu schnell treibt uns Sebastian wieder in die Kanus, und schon sind wir wieder auf dem See. Der zweite Teil der Tour fällt mir schwerer. Meine Arme brennen, mein Rücken zieht. Ich bin froh, wenn wir endlich an diesem ominösen Rastplatz ankommen und fertig sind für heute.

15. Kapitel

Als wir nachmittags an dem Wasserwanderrastplatz ankommen, atme ich erleichtert auf. Das Paddeln war anstrengender als gedacht. Außerdem habe ich vergessen, meine Beine einzucremen, und habe jetzt einen heftigen Sonnenbrand auf den Schenkeln. Mist! Morgen muss ich dringend eine lange Hose anziehen!

Mittlerweile haben wir die Kanus ausgeräumt und uns auf dem Biwakplatz einen Ort für unsere Zelte ausgesucht. Eine Familie mit drei Kindern ist auch da, ansonsten ist dieser Minirastplatz so gut wie ausgestorben. Hier gibt es auch nicht viel außer einer Feuerstelle mit einfachen Holzbänken drum herum und einem kleinen Haus mit sogenannten Trockentoiletten. Doch viel schlimmer als das ist die Tatsache, dass wir jetzt unsere Zelte aufbauen müssen.

»Sieht gut aus für die Nacht«, sagt Sebastian, während er den Himmel kritisch prüft. »Kein Regen in Sicht, also baut euch auf, wo ihr wollt.«

Leichter gesagt als getan. Da ich alleine in meinem Zelt schlafe, werde ich es zwangsläufig auch alleine aufbauen müssen. Ich versuche, mir Lenis Anweisungen in Erinnerung zu rufen. Außerdem schaue ich vorsichtig, wie die anderen vorgehen. Ganz, ganz langsam ziehe ich die Zeltplane aus ihrer Hülle. Gut, da sind die Stäbe, von denen Leni gesprochen hat. Die muss ich ineinanderstecken, daran erinnere ich mich. Das gelingt mir auch. Merkwürdigerweise habe ich am Ende aber drei Stangen und nicht zwei. Hm, wie soll ich aus denen nun ein Kreuz bilden? Da bleibt doch immer eine übrig.

Das Zelt von Konrad und Christian steht schon. Das glaube ich nicht! Gerade sind sie dabei, ihr Gepäck darin zu verstauen. Oh Mann!

Leonie und Lisa sind auch schon fast fertig. Gerade richten sie ihr Zelt auf, und schwupp, steht es wie eine Eins. Hmpf. Wo sind denn Sunny und Pia eigentlich? Die beiden kann ich nicht entdecken. Und ihr Zelt ist auch noch nicht ausgepackt. Na immerhin, so habe ich noch die Chance, zumindest nicht Letzte zu sein.

Ratlos wende ich mich wieder meinem Zelt zu. Gut, dann lege ich erst mal diese Stangen beiseite und breite die Plane aus. Hm, schon wieder Verwirrung. Leni hatte mir gesagt, dass die Plane quadratisch ist. Was ja auch Sinn macht mit den beiden Stangen. Diese Plane hier ist nun aber rechteckig. Ich verstehe nichts mehr, ehrlich.

Verzweifelt schaue ich mich um, will mir aber natürlich vor den anderen nicht die Blöße geben, dass ich kein Zelt aufbauen kann. Schon schaut Leonie zu mir hinüber und hebt vielsagend eine Augenbraue. Sie wartet wohl nur darauf, dass ich versage und ihr neues Futter gebe, sich über mich lustig zu machen. Niemals!

Selbstbewusst, als hätte ich mein Leben lang nie etwas anderes getan, schnappe ich mir wieder die Zeltstangen und lege sie im Kreuz über die Plane. Das ergibt einfach keinen Sinn! Die sind viel zu kurz.

Leonie schüttelt den Kopf und verschwindet dann in ihrem Zelt. Nun fühle ich mich unbeobachtet und lasse mich seufzend ins Gras fallen. Kurz gleiten meine Gedanken noch mal nach Spanien, zum Hotelpool und ins schicke Hotelrestaurant.

»Alles klar?«, fragt Konrad aus seinem Zelt heraus.

Ich wende ihm den Kopf zu und muss plötzlich lachen. »Nein, irgendwie klappt das nicht.«

Konrad grinst, klettert hervor und kommt zu mir. Kurz betrachtet er mein Werk. »Sieht doch schon mal gut aus. Aber du hast ein Tunnelzelt abbekommen, kein Kuppelzelt. Da müssen sich die Stangen nicht überkreuzen, sondern werden parallel in den Stoff geschoben, schau!«

Mühelos schiebt er eine Stange in das Zelt. Ich rappele mich auf und tue es ihm gleich. Kurz darauf stecken alle drei Stangen im Zelt.

»So, nun können wir es aufstellen.« Konrad schiebt die Enden der Stäbe in kleine Ösen am Rand der Plane und auf magische Weise erhebt sich mein Zelt. Nun steckt er Heringe in den Boden, fixiert hier und dort, und schon sind wir fertig. Ich bin total erleichtert und klopfe Konrad auf den Rücken. »Das war super, vielen, vielen Dank!«

Natürlich reckt Leonie just in diesem Moment ihren Kopf aus dem Zelt und sieht Konrad und mich. Kurz gerät sie aus dem Konzept, doch ebenso schnell ist sie wieder ganz die Alte und ich handle mir wieder mal einen bitterbösen Blick ein.

»Na, hast du's alleine nicht hingekriegt?«, fragt sie gehässig. Doch ich ignoriere sie einfach, immer noch Josys Worte im Ohr. Während Leonie aus dem Zelt krabbelt und Konrad in ein Gespräch verwickelt, wende ich mich meinem Gepäck zu und befreie als Erstes meine Isomatte aus der Hülle. Die habe ich mir glücklicherweise zu Hause noch mal angesehen und weiß genau, wie ich das Ding dazu bekomme, sich selbst aufzupusten. Ich drehe an dem kleinen Rädchen, und schon zischt es laut. Zufrieden betrachte ich mein Werk.

»Pft«, macht Leonie. »Was ist das denn für ein Quatsch?«

Nicht schon wieder, denke ich, schaffe es aber, mir auf die Zunge zu beißen und nichts Gehässiges zu erwidern. Doch dafür ergreift Konrad Partei für mich: »Wieso? Ich hab auch so eine. Das ist echt bequem. Besonders auf unebenem Boden. Solltest du mal testen.«

»Mh«, macht Leonie unschlüssig. »Wenn du meinst, liege ich eben mal Probe.«

Konrad deutet mit flacher Hand auf meine Matte, die direkt vor Leonies Füßen liegt.

»Ich glaube nicht, dass die schon fertig aufgeblasen ist«, sagt Leonie abschätzig und steuert dann auf Konrads Zelt zu. Schulterzuckend sieht er mich an und folgt ihr dann zu seinem Zelt, in dem beide verschwinden.

»Hey«, höre ich nun Sunny hinter mir.

»Hi, wo wart ihr denn?« Sein Blick ist ein wenig trübe oder bilde ich mir das nur ein?

»Ist alles okay?«, frage ich.

»Ja klar.« Emotionslos nickt er. »Ich war mit Pia bei den

Toiletten und habe Sebastian dann geholfen, ein wenig Ordnung bei der Feuerstelle zu machen.« Er deutet mit dem Daumen nach hinten. Ich sehe über seine Schulter hinweg zu der kleinen, im Kreis angeordneten Sitzgruppe. »Er braucht gleich noch Hilfe beim Holzsammeln.«

Ich nicke. »Ich bin hier fast fertig, dann kann ich das machen, kein Problem.«

»Gut. Ich werde jetzt mal mein Zelt aufbauen.« Sunny dreht sich um, nimmt seinen Packsack, der neben meinem Zelt liegt, und sieht sich ratlos um. Er zögert kurz, beginnt dann aber doch, das Zelt aufzubauen, und ist innerhalb weniger Minuten fertig.

In der Zwischenzeit habe ich mich in meiner Stoffbehausung eingerichtet. Draußen höre ich Leonie und Konrad kichern. Lisa plaudert mit Christian, und Sebastian begutachtet, ob alle Zelte gut im Boden verankert sind.

Irgendwann klatscht er laut in die Hände. »Okay, Leute, wir müssen uns mal aufteilen. Wer will kochen, wer kümmert sich ums Feuer?«

Leonie und Lisa melden sich. »Wir kochen. Was wollt ihr denn essen? Soll ich den Eintopf machen, von dem ich euch erzählt habe?«

Alle nicken.

»Super«, sagt Sebastian. »Es gibt hinten bei den Toiletten einen Raum, in dem es auch Kochzubehör gibt. Da könnt ihr euch ein Dreibein nehmen oder einen Pfannenknecht. Je nachdem, was ihr braucht. Töpfe gibt's da auch.«

Die beiden Mädchen nicken und beginnen sofort, die Tonne mit den Lebensmitteln zu durchforsten.

»Ich gehe Holz sammeln«, biete ich an. »Wer kommt mit?« Alleine möchte ich natürlich auf gar keinen Fall gehen.

Konrad und Christian melden sich, was von Leonie erneut mit einem schiefen Seitenblick beäugt wird. Doch das ist mir egal. Ich ziehe mit den beiden los.

Natürlich habe ich keine Ahnung vom Holzsammeln. Die Jungs hingegen wissen genau, welche Äste zu nass sind und welche sich besonders gut zum Anzünden eignen. Ich laufe ihnen einfach blindlings hinterher und lasse mich mit Ästen beladen.

Kurze Zeit später kommen wir mit reichlich Feuerholz zurück, und ich beobachte, wie Konrad, Christian und Sebastian das Feuer entfachen. Sunny und Pia haben in der Zwischenzeit das Dreibein aufgebaut, an dem Leonie und Lisa nun einen großen Topf befestigen. Dort werfen sie Gemüse und Reis hinein, dazu Gewürze, gießen alles mit Wasser auf, und schon köchelt unser Abendessen vor sich hin. Und das schmeckt eine halbe Stunde später gar nicht mal so schlecht.

Es ist richtig gemütlich am Lagerfeuer. Die Dämmerung hat eingesetzt. Es knistert und knackt. Alle essen genüsslich und irgendwo zirpen ein paar Grillen.

»Was wollt ihr denn heute Abend noch machen?« Sebastian steht am großen Topf und nimmt sich einen Nachschlag. Als wir uns nur ratlos umsehen, lächelt er schief. »Also, keine Sorge, es wird schon keine Langeweile aufkommen. Nachtbaden geht immer. Gruselgeschichten am Lagerfeuer. Singen. Wir können auch was spielen. Oder die Sterne beobachten. Vielleicht sehen wir ja Sternschnuppen?« Er mustert den Himmel. »Klare Sicht. Ihr werdet nachher vermutlich einen großartigen Sternenhimmel sehen können, so finster, wie es hier wird.«

»Klingt alles gut«, sagt Pia und Sebastian freut sich.

»Gut, dann schauen wir einfach, worauf wir Lust haben. Auf alle Fälle sollten wir nicht zu spät ins Bett gehen. Morgen haben wir einen anstrengenden Tag vor uns.«

»Mmm«, stöhnt Pia.

»Noch anstrengender als heute?«, fragt Lisa, und ich bin froh, dass nicht nur ich den Tag heute als schweißtreibend empfunden habe.

»Na ja, die Strecke, die wir zurücklegen müssen, wird ähnlich lang. Aber ich habe noch eine Überraschung für euch. Für die braucht ihr auf alle Fälle auch noch etwas Power und Zeit.« Sebastian setzt sich mit seinem Teller in der Hand wieder hin und genießt es, dass wir ihn alle mit großen Augen anschauen.

»Was denn?«

»Ach komm, sag schon!«

»Bitte, bitte, biiiiitte!!!«, betteln wir alle durcheinander.

Doch Sebastian zuckt nur mit den Schultern, lacht und sagt: »Ich verrate nichts!«

Nachdem alle satt sind und wir unser Campinggeschirr und den großen Topf abgewaschen haben, stürzt sich Sunny tatsächlich noch mal in den See. Ich lege mich, nachdem ich auf der ekelhaften, stinkigen Trockentoilette war, auf den Steg und betrachte den Himmel. Mittlerweile ist es stockfinster geworden und über mir leuchten unendlich viele Sterne. Wunderschön. Auf dem See spiegelt sich der Mond und um mich herum ist einfach nur Stille. Die anderen sitzen am Lagerfeuer und singen, das kann ich im Hintergrund hören. Aber ich will meine Ruhe. Ich habe nicht mal Lust, mein Handy herauszuholen. Das mache ich vielleicht nachher kurz vor dem Einschlafen, wenn ich im Zelt liege.

»Komm doch rein!« Sunny schwimmt auf mich zu und schaut mich erwartungsvoll an.

Langsam richte ich mich auf, streife meine Schuhe ab und halte meine rechte Fußspitze prüfend ins Wasser. »Puh, das ist mir zu kalt.«

»Hm«, macht Sunny. »Dann muss ich wohl wieder rauskommen. Gibst du mir mein Handtuch? Das liegt da neben dir.«

Während er sich am Steg hochzieht, greife ich nach dem Handtuch und reiche es ihm. Sunny wickelt sich darin ein und schüttelt seinen Kopf, als wäre er ein Hund. Dann lässt er sich neben mich auf das noch warme Holz fallen.

»Voll schön hier.« Er stützt sich auf seine Arme und legt den Kopf in den Nacken, um ebenfalls die Sterne zu betrachten.

Lange sitzen wir nebeneinander und sagen nichts. Einmal setzt Sunny an, etwas zu sagen, tut es dann aber doch nicht. Und das stört mich auch nicht. Ich genieße einfach diese herrliche Stille. Einmal berühren sich Sunnys und meine Schultern. Seine Haut ist ganz kalt und feucht vom See. Ein Schauer durchläuft mich, also rücke ich schnell ein Stück zur Seite. Irritiert sieht Sunny mich an und kurz darauf rappelt er sich hoch. »Dann lass uns mal zu den anderen zurück, was?«

Ohne auf mich zu warten, läuft er los.

Ich stehe langsam auf und laufe ebenfalls zum Lagerfeuer zurück, das schon ziemlich runtergebrannt ist. Es glüht nur noch ein wenig. Ein Blick auf die Uhr verrät mir, dass es spät geworden ist, also beschließe ich, mich bettfertig zu machen und mich dann zu verabschieden.

In meinem Zelt schalte ich mein Handy noch mal an, lese meine Nachrichten und beantworte sie kurz. Leni hat einen Ausflug zu einer Robbenauffangstation gemacht, Mom schwärmt von überraschend gutem Essen und netten Kollegen. Dann schalte ich das Handy aus, verstaue es unter meiner Isomatte und mache es mir gemütlich. Es ist stockfinster geworden. Am liebsten würde ich mit Lampe schlafen, aber das geht ja nun auch wieder nicht. Das würden doch alle sehen, oder? Ein wenig grusele ich mich sogar, hier so ganz allein in meinem Zelt. In freier Wildbahn.

Ein Schreien. Was war das? Erschrocken richte ich mich auf. Da, noch mal! Hm, bestimmt ein Käuzchen. Ich lege mich wieder hin, höre aber angestrengt in die Dunkelheit hinein. Ob es hier wilde Tiere gibt? Wölfe oder so? Irgendwie wäre ich *doch* ganz gerne mit jemand zusammen im Zelt. Wie blöd.

Aber wer hätte das schon sein können? Ich wälze mich hin und her.

Nebenan höre ich ein Kichern. Leonie? Nein, das kam von der anderen Seite. Das war bestimmt Pia. Ich muss grinsen.

Ob Sunny ihr gerade noch Witze erzählt? Dann ein Schnarchen. Männlich, eindeutig. Wer das wohl war? Sebastian vielleicht? So liege ich noch lange wach, bis mich irgendwann, als ich gar nichts mehr höre, die Müdigkeit des Tages übermannt und ich doch noch einschlafe.

16. Kapitel

Natürlich habe ich schlecht geschlafen. Ich bin ständig aufgewacht. Jedes noch so kleine Knacken hat mich erschreckt. Erst als es gegen halb sechs langsam wieder hell wurde, bin ich noch mal richtig tief eingeschlafen. Und als ich nun um kurz nach acht aufwache, ist es vor meinem Zelt schon recht turbulent. Ich lausche. Ja, da laufen Leute, irgendetwas raschelt, und zwei unterhalten sich, was es zum Frühstück geben soll.

»Brot ist am einfachsten.« Ich glaube, das ist Sebastian.

»Ungetoastet?« Das ist entweder Leonie oder Lisa.

»Nein, ich habe einen Campingtoaster dabei. Allerdings brauchen wir den Kocher für warmes Wasser. Wir können auch schnell ein paar Eier in die Pfanne hauen.«

Allmählich rappele ich mich auf. Da ich die sanitären Anlagen, wenn man das überhaupt so nennen kann, ja gestern schon begutachtet habe, verzichte ich auf eine Dusche. Heute muss eine Katzenwäsche reichen. Also schnappe ich mir meine Zahnbürste und krabbele ins Freie.

»Ah, unsere Langschläferin«, begrüßt mich Sebastian freundlich.

Prompt laufe ich rot an. Bin ich wirklich die Letzte, die

aufgestanden ist? So spät ist es ja nun auch wieder nicht.
»Ja, tut mir leid, ich habe nicht sonderlich gut geschlafen.«

»Kein Problem. Wir wollen in einer knappen Stunde los. Das reicht locker, um dein Zeug zusammenzupacken und noch schnell was zu futtern.« Er wackelt mit einer wabbeligen Brotscheibe in der Luft. Alle außer Pia und Sunny sitzen um die kalte Feuerstelle herum und essen. Konrad und Christian nicken mir lächelnd zu, Leonie und Lisa ignorieren mich geflissentlich.

Ich husche zu den Toiletten und laufe dort Sunny und Pia in die Arme.

»Guten Morgen«, trällert Pia und auch Sunny sieht heute etwas besser gelaunt aus als gestern Abend.

Verlegen wuschele ich mir durch die Haare. »Ich bin wohl die Letzte …«

Pia zuckt mit den Schultern. »Ist doch kein Problem. Bis gleich beim Frühstück!«

Ich winke den beiden nach, dann wasche ich mich notdürftig mit eiskaltem Wasser und eile zu den anderen zurück. Eine knappe Stunde ist echt nicht viel Zeit, wenn man so viel zusammenräumen muss. Keine Ahnung, wie lange ich brauchen werde, um die Isomatte und den Schlafsack wieder in die Säcke zu bekommen. Vom Zelt mal ganz zu schweigen. Uff.

Am Lagerfeuerplatz schnappe ich mir daher nur eine trockene Brotscheibe und einen Tee.

Auf dem Campingkocher steht sogar eine Espressomaschine, die dampft und zischt. Sebastian ist echt ziemlich gut ausgerüstet. Mit meinem mageren Frühstück verkrieche ich mich in mein Zelt und versuche, ohne unter Beobachtung zu stehen, meinen Schlafsack zusammenzufalten. Das klappt auch ganz gut. Aber die Isomatte macht mir dafür umso mehr Probleme. Dank Leni weiß ich natürlich, dass ich das Ventil öffnen muss, damit die Luft entweichen kann. Ich rolle die Matte so fest wie möglich zusammen, aber trotzdem passt die Rolle am Ende nicht mal annähernd in den zugehörigen Sack. Es ist einfach noch zu viel Luft darin. Vorsichtig schaue ich nach draußen und sehe Sunny, der gerade sein Zelt abgebaut hat und es natürlich ohne den Anflug eines Problems verstaut. Als er mich sieht, winke ich ihn heran.

»Alles klar?« Er bleibt mit zusammengekniffenen Augen vor mir stehen.

»Meine Isomatte passt nicht mehr in den Beutel«, flüstere ich.

»Warte!« Er bückt sich und klettert zu mir ins Zelt. Es ist reichlich eng, aber ich bin einfach nur froh, dass mir jemand hilft. Und dass niemand sieht, dass ich es schon wieder nicht allein auf die Reihe kriege.

Sunny betrachtet mein Werk. »Das sieht doch schon gut aus. Du musst nur noch die Restluft da rauskriegen.« Er schnappt sich die Matte, rollt sie noch einmal auseinander, schließt das Ventil, klappt sie in der Mitte zusammen, rollt sie wieder zusammen und öffnet kurz vor Ende das Ventil erneut. Noch einmal zischt es laut, und schon ist meine Isomatte so klein, dass sie doch in ihren Beutel passt.

»Super, vielen Dank!«

Er grinst und seine Augen blitzen dabei. »Überhaupt kein Problem! Soll ich dir noch mit dem Zelt helfen?«

Mir fällt eine Riesenlast von den Schultern. »Das wäre großartig. Ich will mich nicht wieder zum Trottel machen.«

Nun legt er den Kopf schief. »So ein Quatsch! Dafür, dass du noch nie beim Zelten warst, machst du das doch alles super.«

Sein Lob geht mir runter wie Öl, obwohl ich seinen Worten nicht wirklich Glauben schenken kann.

»Danke«, murmele ich verlegen.

»Komm, wir müssen los«, treibt er mich nun an. Ich werfe meine Sachen in den Packsack und befördere alles vor mein Zelt. Und dann beginnen Sunny und ich gemeinsam, die Stangen aus dem Zelt und die Heringe aus dem Boden zu ziehen, und schneller als gedacht liegt auch mein Zelt zusammengerollt vor mir. Triumphierend schaut Sunny mich an.

»Du bist der Beste, echt!«

Sunny kratzt sich am Nacken und schaut mich verschmitzt an. »Wenn du sonst noch Hilfe brauchst, melde dich einfach, ja?«

Ich nicke dankbar und dann verstauen wir unseren Kram in dem Kanu.

Ruckzuck sind wir mit unseren drei Kanus wieder auf dem See. Die Sonne hat sich noch hinter den Wolken versteckt und auf dem See tanzen Nebelschwaden. Es ist wunderschön, beinah mystisch.

»Leute, haltet mal kurz an«, fordert Sebastian uns an einer besonders nebeligen Stelle auf. Er presst seinen Zeigefinger auf den Mund und schließt die Augen. Wir tun es ihm gleich. Zu hören ist nichts. Ab und an plätschert Wasser an das Kanu. Ein Frosch quakt und irgendwo zwitschern scharenweise Vögel. Ansonsten ist es einfach herrlich still. Minutenlang sagen wir kein Wort. Bis Leonie irgendwann zu kichern anfängt. Natürlich nur, um Konrads Aufmerksamkeit auf sich zu ziehen. Wie anstrengend!

Heute fällt mir das Paddeln noch schwerer als gestern, weil mein Rücken schmerzt. Zwar habe ich eine lange Hose angezogen, aber die scheuert nun am Sonnenbrand auf meinen Oberschenkeln. Darum bin ich unendlich froh, als Sebastian nach etwa einer Stunde auf das Ufer deutet.

»Wir müssen hier raus. Das ist unsere erste Umtragestelle. Wir verstauen unsere Boote hier aber fürs Erste nur. Das Umtragen kommt später. Denn ich habe euch ja eine Überraschung versprochen.«

»Oh, jetzt sag doch endlich, was es ist!«, ruft Pia hinter mir.

»Ja!«, fordern auch die anderen. Doch Sebastian tut so, als hätte er uns nicht gehört. Er springt aus dem Kanu, fordert die Mädels auf, es ihm gleichzutun, und zieht das Kanu an Land.

Pia und ich sehen uns an und Pia zieht eine enttäuschte Schnute. »Ich hasse Geheimnisse!«

Sunny, der schon am Ufer steht, zeigt auf ein Schild neben sich. Mehrere Wegweiser deuten in unterschiedliche Richtungen. »Also, entweder wir gehen zum Streichelzoo oder zum Kletterpark, würde ich sagen.«

Pia stürzt zu ihm, ungeachtet der Tatsache, dass sie durch ihren Sprint pitschnass wird.

»Kletterpark? Oh, das wäre sooo cool!!!« Nun wirbelt sie zu Sebastian herum. »Gehen wir da hin, ja?«

Sebastian sieht sie fragend an. »Eigentlich dachte ich, ihr wollt lieber ein paar kleine Ziegen streicheln.« Dann knufft er Pia in die Seite. »Quatsch, wir gehen in den Hochseilgarten, ist doch klar. Habt ihr Lust?«

Alle bis auf Lisa jubeln. Lisa sieht ein wenig blass um die Nase aus. Auch mir ist etwas mulmig zumute. Ich war noch nie in so einem Kletterpark, habe aber schon mal einen Bericht darüber gesehen. Puh – über wackelige Seile und Hängebrücken zwischen den Bäumen entlangzuklettern – da habe ich schon ein wenig Bammel, spüre aber auch ein vorfreudiges Kribbeln im Bauch.

»Ich kann das nicht«, murmelt Lisa neben mir. »Ich habe Höhenangst.«

Leonie tätschelt ihr den Arm. »Ach was, das schaffst du locker. Komm schon, sei kein Spielverderber!«

Sebastian betrachtet Lisa. »Also, wir schauen uns das an, und wenn du dir das gar nicht zutraust, bleibst du eben unten, okay?«

Lisa nickt tapfer.

Die Kanus sind am Ufer verstaut, wir haben das Wichtigste an Gepäck geschultert, und schon ziehen wir los in Richtung Hochseilgarten. Der Weg ist nicht weit, und bald stehen wir inmitten lauter Bäumen, die mit Seilen, hölzernen Plattformen, schwingenden Autoreifen und diversen anderen wackeligen Konstruktionen miteinander verbunden sind.

»Ihr seid natürlich alle gesichert«, sagt Sebastian. Allerdings sehe ich gerade, wie ein Junge, der in schwindelerregender Höhe auf einem Seil balanciert, abrutscht. Ein Anflug von Panik kommt in mir auf. Klar, er ist gesichert und bleibt kurz nach seinem Sturz in der Luft hängen. Aber was, wenn die Sicherung nicht hält? Was, wenn er wirklich abstürzen würde? Was, wenn *ich* abstürzen würde? Mein Herzschlag beschleunigt sich.

»Also, ich weiß nicht«, sagt Lisa mit stockender Stimme.

»Ach komm schon!« Leonie wirft ihr einen kritischen Blick zu. »Stell dich nicht so an! Du warst doch auch schon mal mit beim Bouldern. Das ging auch.«

Lisa schluckt und nickt dann wieder tapfer.

Ein Typ, dessen Shirt verrät, dass er zum Kletterpark-Team gehört, kommt zu uns, klärt mit Sebastian kurz einige organisatorische Dinge und erzählt uns dann, was wir beachten müssen.

»Ihr werdet in der Höhe von acht und zehn Metern klettern.«

Hui, das ist hoch! Während der Parktyp mir einen Klettergurt um den Körper schnallt, erklärt er uns, wie das Sicherungssystem mit den zwei Karabinerhaken funktioniert. Dann werden uns noch Helme auf die Köpfe gesetzt, und schon stehe ich hinter den anderen an einer Treppe, die uns einen Baum hinaufführen soll. Sebastian erklimmt sie als Erstes, danach Christian, Lisa, Leonie, Konrad und dann komme schon ich. Pia, die nach mir dran ist, klopft mir auf die Schulter. Stufe um Stufe klettere ich den Baum empor.

Als ich auf der Plattform oben angekommen bin, sichere ich mich sofort, indem ich beide Karabiner an das dafür vorgesehene Sicherungsseil einhänge. Zwischen der Plattform, auf der ich stehe, und der Plattform beim nächsten Baum ist ein dickes Seil gespannt, das es nun zu überqueren gilt. Helfen soll dabei ein weiteres Seil, das weiter oben parallel gespannt ist. Sebastian und Christian sind schon losgeklettert und laufen mühelos über das Seil. Die Höhe macht ihnen scheinbar nichts aus. Nun ist Lisa an der Reihe, die sichtlich verängstigt ist.

»Wenn du dich nicht traust, geh wieder runter!«, ruft Sebastian ihr zu.

Doch Lisa schüttelt energisch den Kopf, greift nach dem Halteseil und schiebt mutig ihren Fuß auf das untere Seil. Sie kommt natürlich sehr viel langsamer voran als die beiden vor ihr, aber immerhin. Und als sie auf der Plattform drüben angekommen ist, reißt sie jubelnd die Hände in die Höhe. »Ja, ich hab's geschafft!!! Ich kann's!«

»Hab ich dir doch gesagt!«, ruft Leonie ihr zu und startet nun selbst den Weg zu ihrer Freundin. Danach kommt Konrad und dann bin ich an der Reihe. Ich nehme all meinen Mut zusammen und stelle mich mit beiden Beinen auf das Seil. Zentimeter für Zentimeter schiebe ich mich voran. Kurz werfe ich einen Blick zurück, wo Pia und Sunny stehen und mich anfeuern. Doch ein Blick in die Tiefe macht mir bewusst, in was für einer Höhe ich hier herumturne. Schweiß tritt auf meine Stirn. Über mir surren die Karabiner in der Sicherungsschnur, doch auch das beruhigt mich nicht wirklich.

»Los, Mara, du kannst das!«, ruft Sunny von hinten. Ich atme tief durch und schiebe meine Füße weiter voran.

Nicht nach unten schauen, nur nach vorne. Schrittchen um Schrittchen. Allmählich kommt die Plattform näher. Konrad steht am Rand und reckt die Faust in die Luft. »Sehr gut, weiter, gleich geschafft!«

Ich nicke tapfer. Ja, gleich geschafft. Ich schaue nur Konrad an. Ich komme ihm immer näher. Meine Hände sind pitschnass. Ich würde sie gerne an meiner Hose abwischen, aber niemals im Leben könnte ich jetzt das Seil oben loslassen, das ich so fest umklammere, dass meine Hände schon ganz verkrampft sind. Schritt. Schritt. Schritt.

Und dann, ich kann es kaum glauben, berührt mein Fuß die hölzerne Plattform. Konrad reicht mir seine Hand und zieht mich zu sich heran. Aufatmen. Durchatmen. Geschafft. Ich hab's geschafft! Glücklich umarme ich Konrad. »Danke!«

»Ja, schon gut.«

Schnell lasse ich ihn wieder los. Huch, so überschwänglich bin ich doch eigentlich gar nicht. Aber in diesem Moment bin ich dermaßen erleichtert, dass mir alles egal ist. Leonie hat das zum Glück nicht gesehen, die ist schon auf dem Weg zur nächsten Plattform. Aber Sunny wirft mir von der anderen Plattform einen finsteren Blick zu. Ich winke ihm glücklich zu, doch er zieht nur kurz die Mundwinkel hoch und winkt schwach zurück. Wahrscheinlich hat er selber ein wenig Bammel.

Ich kann nicht behaupten, dass mir die nächsten Stationen nun leichtfallen würden. Ganz gewiss nicht. Ich muss ohne Haltemöglichkeit über einen horizontalen Stamm balancieren. Bei einem anderen Abschnitt hängen Seilschlaufen hintereinander, die man nur mit dem richtigen Schwung erreichen kann. Es gibt eine Zitterbrücke und wackelige Plattformen, die ultraweit auseinanderhängen und nur durch Sprünge erreicht werden können. Ich habe Angst, Angst, Angst. Und wenn ich bis heute nicht gewusst habe, was zitternde Knie sind, so weiß ich es doch jetzt. Und nicht nur meine Knie zittern, alles an mir zittert. Die ganze Mara.

Doch Konrad, Pia und auch Sunny ermutigen mich immer wieder, und irgendwie schaffe ich es, an der letzten Station anzukommen. Über eine lange Seilrutsche nähere ich mich wieder dem Erdboden und bin heilfroh, als ich zum letzten Mal meine Karabiner lösen kann. Himmel! Ich lasse mich auf den Boden fallen, spüre, wie sich die Anspannung allmählich löst und wie sich Stolz in mir ausbreitet. Wow, was habe ich da geleistet!

Pia setzt sich neben mich. Ich habe nicht mal gemerkt, dass sie auch schon wieder unten ist. Und auch Sunny kommt kurz darauf zu uns.

»Das habt ihr toll gemacht, Mädels«, sagt er. Dankbar grinse ich ihn an, als er plötzlich seinen Kopf zur Seite reckt. »Was ist denn da passiert?«

Irritiert sehe ich in die Richtung, in die er blickt. Die anderen stehen um Lisa herum, die sich mit schmerzverzerrtem Gesicht auf dem Boden krümmt.

»Kommt!«, ruft Sunny und rennt los. Pia und ich folgen ihm.

Sebastian kniet vor Lisa. Der Mann, der uns vorhin die Einweisung gegeben hat, kommt dazu und untersucht Lisas Bein.

»Gebrochen ist das nicht, glaube ich«, sagt er nun. »Aber verstaucht bestimmt.«

»Was ist denn passiert?«, frage ich in die Runde hinein.

»Lisa ist hier bei der Landung blöd aufgekommen und hat sich am Bein verletzt«, erklärt Konrad mit besorgtem Gesicht.

Sebastian zieht sein Notfallhandy aus der Hosentasche und dann geht alles ziemlich schnell.

Es kommt ein Krankenwagen, Sebastian gibt uns Anweisungen, dass wir zurück zu den Kanus gehen sollen, und dann heißt es warten, während Sebastian, Lisa und Leonie im Krankenhaus sind. Die Stimmung ist im Keller. Wir schleichen zu den Booten zurück, holen ein paar Snacks aus der Verpflegungsbox, doch richtigen Hunger hat keiner. Wir warten und schweigen und schweigen und warten.

17. Kapitel

Zwei Stunden später sind Sebastian und Leonie zurück. Leonies Augen sind rot und geschwollen. Wir springen auf und laufen den beiden entgegen.

»Was ist mit Lisa?«

»Wo ist sie?«

»Ist sie okay?«

Beruhigend hebt Sebastian die Hände. »Lisa hat sich den Fuß tüchtig verstaucht. Es geht ihr den Umständen entsprechend gut. Aber sie muss von ihren Eltern abgeholt werden. Mit einem verstauchten Fuß kann man nicht paddeln.«

Leonie schluchzt, und Pia stürzt sofort zu ihr, um sie zu trösten. Ich selbst bin in Schockstarre. Was für ein Mist! Auch wenn ich Lisa nicht sonderlich mag – das wünsche ich wirklich niemandem.

»Leute, es nützt nichts«, sagt Sebastian in die betretene Stille hinein. »Wir müssen überlegen, wie wir weitermachen heute. Wir sind jetzt natürlich nicht mehr im Zeitplan. Eigentlich hätten wir jetzt noch eine Strecke vor uns, die knapp drei Stunden dauern würde. Ist euch das zu viel?«

Die Jungs schütteln die Köpfe. Leonie zuckt ratlos mit

den Schultern und ich tue es ihr gleich. Drei Stunden, das ist wirklich viel, aber wenn alle anderen sich das zutrauen, dann will ich nicht kneifen.

»Gut.« Sebastian nickt. »Wir versuchen es. Wenn uns die Puste ausgeht, haben wir auf halber Strecke die Möglichkeit, an einem Biwakplatz zu halten. Eigentlich wollten wir zu dem Bauern und in der Scheune schlafen, aber wir schauen mal, okay?«

Dankbar nicke ich und dann beginnen wir verbliebenen sieben mit dem Umtragen der Kanus. Der Weg zwischen den Seen ist zum Glück wirklich nicht weit, dennoch ist es viel Schlepperei. Meine Hände schmerzen vom Kletterpark, und ich bin froh, als die Jungs uns Mädchen irgendwann anbieten, die letzte Runde alleine zu laufen, damit wir verschnaufen können. Und bald darauf können wir schon wieder in See stechen. Lustlos paddeln wir weiter und kommen nur schleppend voran. Keiner redet ein Wort, irgendwie ist die Luft raus. Sebastian merkt das und schaut sich immer wieder besorgt nach uns um.

»Leute«, ruft er nach einer Stunde schweigenden Paddelns, »lasst gut sein, wir kürzen ab. Wir lassen eine Schlaufe der Tour aus. Dann schaffen wir es morgen trotzdem zu dem Campingplatz und ihr könnt mal wieder ordentlich duschen. Und heute schlafen wir noch mal auf einem kleinen Platz, der ist nicht mehr weit. Ist das okay für euch?«

Christian und Konrad hätten gerne noch weitergemacht, aber sie sehen uns anderen wohl an, dass uns die Kraft verlassen hat. Und so sind wir eine halbe Stunde später an unserem Ziel angelangt. Der Platz ist ähnlich mies ausgestattet wie der von letzter Nacht. Aber heute ist alles egal. Wortlos entladen wir die Boote und beginnen mit dem Zeltaufbau.

Gerade will ich mein Zelt aus der Hülle ziehen, als ich hinter mir einen schrillen Schrei höre. Erschrocken drehe ich mich um. Alle sind aufgeschreckt und starren Leonie an, die mit Tränen in den Augen vor uns steht. In den Händen hält sie ihr Zelt.

»Es ist kaputt«, stößt sie hervor und fängt bitterlich an zu weinen. Und egal, wie blöd ich sie sonst finde, jetzt tut sie mir leid. Erst das mit Lisa und nun auch noch ein kaputtes Zelt. Allerdings ist mein Mitleid nicht groß genug, um hinzugehen und sie zu trösten – echt nicht!

Das erledigt zum Glück Pia, die Leonie einen Arm um die Schultern legt und ihr die Tränen von den Wangen wischt. Die Jungs nehmen ihr derweil das Zelt aus der Hand und begutachten es. Ein riesiger Riss klafft in der Plane.

»Wie ist das denn passiert?«, fragt Sunny. Doch Leonie kann vor lauter Schluchzen nicht sprechen. Christian untersucht derweil die Zelttasche. »Ich glaube, in der Tasche war entweder ein scharfer Stein, oder ein Hering hat die Plane beim Rausziehen zerrissen.«

»Können wir das kleben?«, fragt Sunny nun.

Sebastian begutachtet den Schaden. »Tja, ich habe zwar Tape dabei, aber es soll heute Nacht regnen. Ich weiß nicht, ob das dann wirklich dicht ist.« Er wirft mir einen Blick zu. »Aber zum Glück ist ja in Maras Zelt noch Platz. Mädels, ihr zieht zusammen, okay? Es geht nicht anders. Es ist eh besser, als wenn ihr beide alleine in euren Zelten liegt.«

Ich erstarre in der Bewegung. Das darf doch wohl jetzt nicht wahr sein! Mit Leonie in einem Zelt?

Schon will ich widersprechen, als sich unsere Blicke treffen. Wir funkeln uns an, aber irgendwo zwischen all der Ablehnung ist da auch Verzweiflung. Und es ändert ja nichts. Leonie braucht einen Schlafplatz. Wenn ich jetzt ein Fass aufmache, bin ich nicht besser als sie. Und ist es nicht viel erwachsener, über den Dingen zu stehen? Also nicke ich ergeben und Leonie zieht einen Mundwinkel hoch. Minimal nur, aber ich sehe es.

»Gut, Leute.« Sebastian klatscht in die Hände. »Dann legt mal los. Wir sollten uns unter den Bäumen aufbauen, damit wir nachts nicht zu nass werden. Wenn ihr fertig seid, geht's ans Feuermachen und Essenkochen. Wer will heute?«

Weil Leonie schon gestern gekocht hat, melde ich mich. Zeitgleich mit mir meldet sich Konrad.

»Gut, ihr zwei, super!« Sebastian nickt. »Dann kümmern sich Sunny und Pia ums Holz. Leonie und Christian, wollt ihr mal versuchen, ob ihr vom Steg aus was angeln könnt?«

Leonie nickt matt, wischt sich die Tränen aus dem Gesicht, erhebt sich dann und steuert auf mich zu. Wortlos nimmt sie sich die Stangen, die zu meinem Zelt gehören, und schiebt sie gekonnt in die dafür vorgesehenen Kanäle. Ich zupfe die Plane zurecht und kurz darauf steht unser Zelt. Ohne einen Mucks zu sagen, räumen wir es ein. Kaum sind wir fertig, nimmt sich Leonie eine der Angeln, die Sebastian zusammengesteckt hat, und läuft damit zum

See. Kopfschüttelnd schaue ich ihr hinterher. Na, das kann ja was werden. Immerhin ätzt sie nicht mehr so rum. Solange sie nichts sagt, geht's ja noch.

Ich gehe zu der Stelle, wo die anderen gleich das Lagerfeuer machen werden, und treffe dort auf Konrad.

»Hey«, sage ich. »Was kochen wir denn?«

Er zuckt mit den Schultern. »Hängt ja ein bisschen davon ab, ob die Fische fangen oder nicht.«

»Hm, stimmt. Aber den Fisch würden wir doch einfach grillen, oder? Lass uns doch einen Eintopf machen und dann sehen wir weiter«, schlage ich vor.

Und so beginnen wir damit, Kartoffeln zu schälen, Möhren und Zwiebeln klein zu schneiden, und stellen Dosen mit Mais und Erbsen bereit. Es gibt auch Würstchen im Glas, die ich auch noch klein schneide, und als Sunny und Pia wiederkommen, wird das Feuer gemacht. Die Jungs stellen wieder einen Dreifuß auf, an dem wir einen Topf anhängen, und dann geben wir Wasser und alle unsere Zutaten hinein. Obwohl ich keine geübte Köchin bin, riecht es innerhalb kürzester Zeit wirklich großartig.

Leonie und Christian hatten beim Angeln leider kein Glück, aber mit unserem Eintopf sind trotzdem alle zufrieden. Und kaum, dass wir aufgegessen haben, fallen die ersten Tropfen vom Himmel.

»Oh, oh, lasst uns schnell alles aufräumen«, ruft Sebastian, und schon flitzen wir wie die Ameisen durcheinander. »Bringt alle eure Sachen in die Zelte, damit nicht zu viel Zeug nass wird.«

Ich renne los, werfe meinen Pulli ins Zelt und helfe Konrad, unsere Verpflegungstonne einzuräumen und die Kochutensilien abzuspülen.

»Bei den Toiletten gibt es eine Abwaschmöglichkeit«, ruft Sebastian uns zu. »Beeilt euch, ich glaube, es gibt gleich einen richtigen Regenguss!«

Zusammen mit Pia und Christian tragen wir die Teller rüber und waschen sie in einem Holzverschlag unter kaltem Wasser ab.

»Geht ruhig schon zurück«, bietet Konrad den anderen an. »Zum Kochen gehört auch der Abwasch. Mara und ich machen das. Kümmert euch lieber darum, dass alles wasserdicht verstaut ist.«

Als wir zehn Minuten später alles gewaschen und notdürftig abgetrocknet haben, gießt es draußen in Strömen.

»Wir lassen die Teller hier. Dann sind die wenigstens im Trockenen. Es ist ja außer uns niemand hier«, schlägt Konrad vor.

»Und was machen *wir?*« Skeptisch schaue ich hinaus und kräusele die Nase. »Sollen wir zu den Zelten rennen? Oder hierbleiben?«

»Na ja, hier sind wir trockener als da draußen.« Konrad wiegt den Kopf hin und her. »Andererseits – hast du so einen Sommerregen schon mal erlebt? Das ist nämlich eigentlich ganz cool.«

Fragend ziehe ich die Augenbrauen zusammen. »Das meinst du jetzt nicht ernst, oder?«

Konrad grinst. »Hm, eigentlich schon. Es ist doch noch schön warm, da tut eine Abkühlung gut. Hast du noch genügend trockene Wäsche?«

»Ja, na klar. Ich hab ja schlau gepackt.« Selbstsicher stemme ich die Hände in die Seiten.

»Na dann!« Konrad packt mich am Arm und reißt mich hinaus in den Regen. Ich quieke auf, weil ich damit nicht gerechnet habe und die Regentropfen auf meine Haut platschen. Konrad hat mich losgelassen und hält sein Gesicht in den Himmel. »Ist das nicht der totale Hammer?« Er sieht richtig glücklich aus. Das Wasser rinnt ihm in Bächen das Gesicht hinunter. Ich muss lachen, denn es ist eh schon alles egal. Innerhalb weniger Sekunden bin ich nass bis auf die Haut, meine Klamotten sind durchgeweicht. Also ergebe ich mich meinem Schicksal und versuche, den Regen einfach zu genießen. Dann hakt sich Konrad bei mir unter und ruft: »Komm, wir holen die anderen!«

Wir rennen zu den Zelten, wo Pia und Christian unter ihren Vordächern sitzen und uns zuwinken.

»Kommt raus, es ist herrlich!«, ruft Konrad ihnen zu. »Kommt alle raus!« Ich habe ihn in den letzten Tagen nie so aufgekratzt erlebt.

Christian springt sofort los. Pia zögert kurz, klettert dann aber auch aus ihrem Zelt.

Sebastian schaut irritiert aus seinem Zelt heraus und lacht dann laut. Er nimmt sein Handy, tippt darauf herum und kurz darauf ertönt Musik.

»Leonie! Sunny!«, schreit Konrad, den ich wirklich kaum wiedererkenne. »Kommt schon, seid keine Waschlappen!«

Leonie schaut vorsichtig aus dem Zelt, doch sie bewegt sich nicht, bis Pia sie an der Hand nimmt und rauszieht.

»Komm, nach *dem* Tag haben wir uns alle ein wenig Spaß verdient!«

Und so tanzen wir bald alle durch den Regen. Nur von Sunny ist keine Spur.

»Wo ist denn dein Bruder?«, frage ich Pia darum.

Sie verzieht den Mund. »Der ist nicht so gut drauf«, erklärt sie vage.

»Warum?«

Sie winkt ab. »Ach, keine Ahnung. Frag ihn selbst.« Dann dreht sie ab und tanzt in die andere Richtung.

»Hm«, mache ich und tanze einfach weiter.

Nach drei weiteren Songs lässt der Regen langsam nach. Jeder von uns ist total durchgeweicht – die Klamotten, die Haare, einfach alles.

»So, damit ihr morgen nicht alle krank seid: Zieht euch bitte um und hängt die Klamotten zum Trocknen auf – am besten in die Vorzelte oder unter einen Baum. Die werden zwar niemals bis morgen früh getrocknet sein, aber egal.« Sebastian schaltet die Musik aus, und wir beginnen, in unseren Zelten nach neuen Klamotten und Handtüchern zu wühlen.

Das war wirklich ein lustiger Abend. So lustig, dass ich sogar Leonie im Zelt zulächele. Vielleicht können wir ja das Kriegsbeil endlich begraben, denke ich. Doch sie erwidert mein Lächeln nicht. Im Gegenteil. Sie dreht demonstrativ den Kopf weg und klettert wieder aus dem Zelt.

18. Kapitel

»Na, hat jemand einen Schnupfen bekommen?«, fragt Sebastian am nächsten Morgen.

In dieser Nacht habe ich besser geschlafen. Zwar hat mir die miesepetrige Leonie schlechte Laune gemacht, aber irgendwie war die Tatsache, dass ich nicht alleine im Zelt liege, doch beruhigend. Außerdem war ich echt erledigt von den Anstrengungen der letzten Tage.

Es scheint, als wären alle gesund. Zum Frühstück gibt es wieder Brot mit Marmelade und Rührei, dann werden die Zelte zusammengerollt, die nassen Klamotten in Tüten verstaut, und schon sind wir bereit für die nächste Tour. Die Stimmung ist deutlich besser als am Tag zuvor, unsere kleine Regenparty hat allen gutgetan. Nur Sunny schaut ein wenig trübe aus der Wäsche. Und Leonie sowieso, aber das ist ja nichts Neues. Konrad und Christian witzeln jedenfalls herum und auch Sebastian ist locker und fröhlich.

»Wir lassen einen See aus«, erklärt Sebastian, als wir vor den bepackten Kanus stehen. »Das ist ein bisschen schade, weil wir so auch eine Schleuse auslassen, aber dafür schaffen wir es bis zum Nachmittag zu dem Campingplatz, an dem ihr mal wieder richtig schön duschen könnt und wo auch die Libellen sein sollten.«

»Juchhu!«, ich klatsche vor Begeisterung in die Hände. Die Aussicht darauf, heute Abend Josy zu treffen, macht mich froh. Gestern hat sie noch eine kurze WhatsApp geschickt und von Keanu geschwärmt. Ich bin echt gespannt, was sie heute erzählen wird.

Beschwingt steige ich in unser Kanu und plappere fröhlich drauflos. Pia, heute mal vorne, plappert mit, aber Sunny hinter mir ist erstaunlich still.

»Alles okay bei dir?«, rufe ich ihm irgendwann über die Schulter hinweg zu, doch Sunny brummt nur.

»Was ist denn mit deinem Bruder los?«, frage ich nun an Pia gewandt.

»Das muss er dir schon selber sagen«, ruft Pia.

Ich drehe mich fragend zu Sunny um, doch der winkt nur ab.

Der Tag verläuft erstaunlich friedlich. Wir paddeln zwei Stunden, machen eine Pause an einer Badestelle, wo wir bei einem Imbiss Pommes essen. Danach paddeln wir weiter, um schließlich am Nachmittag beim Campingplatz anzukommen. Mein Bauch kribbelt vor Vorfreude, doch von den Libellen ist noch nichts zu sehen. Dafür ist der Campingplatz voller anderer Zelte und Wohnmobile. Es ist richtig groß hier, wie in einer Ferienanlage.

»Schaut euch erst mal um. Es gibt hier vernünftige Duschen und auch einen Raum, in dem man Wäsche waschen kann. Dann noch einen Volleyballplatz.« Sebastian deutet nach links. »Und auf der anderen Seite ist ein kleiner Supermarkt. Der hat allerdings nur die nötigsten Dinge. Wir können ja gleich noch mal durchsehen, was wir für heute und morgen an Lebensmitteln brauchen, und dann entscheiden, ob wir richtig einkaufen gehen müssen oder ob wir hier beim Campingplatz alles finden. Und dann sollten wir auch noch mal den restlichen Tag besprechen. Vom Zeltplatz aus läuft man keine zehn Minuten in ein nettes Städtchen. Das könnten wir nachher noch besuchen, wenn ihr wollt.«

»Wann kommen denn die anderen?«, frage ich aufgeregt.

Sebastian prüft sein Handy. »Hm, die werden wohl erst am Abend hier sein. Wir könnten später ein Lagerfeuer anmachen, Würstchen kaufen und vielleicht Stockbrotteig machen. Dann ist alles fertig, wenn sie kommen.«

Begeistert nicke ich. »Ich gehe gerne mit zum Campingsupermarkt.«

»Ich komme auch mit«, bietet sich Pia an.

»Gut, dann begleite ich euch. Währenddessen könntet ihr anderen ja die Zelte aufbauen und euch auf dem Gelände umsehen«, schlägt Sebastian vor.

Wir überprüfen unsere Vorräte und gehen zu dritt an lauter fremden Zelten vorbei zu dem kleinen Supermarkt. Es fühlt sich komisch an, wieder so viele Leute um sich zu haben. Überall ist Musik, Gelächter und Geplapper.

Mein Versuch, Pia auszuquetschen, was mit Sunny los ist, scheitert erneut.

»Ich sag nix«, entgegnet sie und verzieht keine Miene.

»Ach komm schon, er ist doch nicht da. Ich finde nur, dass

er ein wenig komisch drauf ist.« Auffordernd sehe ich sie an.

»Nein, Mara, tut mir leid. Das ist seine Sache. Ich weiß auch nicht so genau. Er ist irgendwie ein bisschen verwirrt.« Sie spielt mit ihrem langen, blonden Zopf.

»Warum denn verwirrt?« Nun ist meine Neugier vollends geweckt, aber Pia schüttelt energisch den Kopf, dass der Zopf nur so tanzt.

Also frage ich weiter: »Wegen einem von uns? Gab's da Stress?«

Pia wiegt den Kopf nach links und dann nach rechts. »Mara. Ich sag nichts. Frag ihn halt selber.«

»Mädels, da sind wir«, unterbricht Sebastian unser Gespräch, und ich weiß, dass ich aus Pia nichts mehr herausbekommen werde.

Der Campingsupermarkt ist wirklich klein, aber erstaunlich gut ausgestattet. Wir kaufen frisches Brot und H-Milch und dazu lauter Essen für heute Abend. Grillzeug gibt es hier massenhaft. Na klar, wir sind auf dem Campingplatz, da macht es ja nur Sinn, Würstchen, fertigen Nudelsalat und Tütensuppen zu verkaufen. Und so haben wir bald alles beisammen.

»Super«, sagt Sebastian, als wir an der Kasse stehen. »Dann müssen wir nicht unbedingt in die Stadt gehen. Außer ihr wollt, natürlich.«

Pia und ich sehen uns an. »Ja, warum nicht? Ein wenig Abwechslung ist doch vielleicht mal ganz nett.«

»Es gibt nicht viel zu sehen. Eine alte Gasse, einen Marktplatz mit Kirche – das war's.« Sebastian hebt die Hände in die Luft. »Also, nur dass ihr nicht enttäuscht seid.«

»Wir gehen trotzdem, oder?«, frage ich Pia, die prompt nickt.

Als wir mit unseren Einkäufen zurück bei den anderen sind, ist die Begeisterung, in das Örtchen mitzukommen, allerdings gering. Leonie will lieber mit Konrad und Christian Karten spielen, Sebastian will sich einfach mal eine Stunde in die Sonne legen und auch Sunny hat keine rechte Lust.

»Du kommst mit!«, ruft Pia, greift seine Hand und zieht ihn vom Boden hoch.

»Ich hab echt keinen Bock«, murrt er, doch Pia duldet keine Widerrede.

»Das ist mir egal. Wir gehen jetzt in diese Stadt. Zusammen mit Mara.«

Sunny nickt lustlos, dann lassen wir uns von Sebastian den Weg erklären und laufen los. Tatsächlich erreichen wir nach einem kurzen Spaziergang durch den Wald schon bald die ersten Häuser. Doch wie Sebastian bereits angekündigt hatte, dieses Städtchen hat nicht viel zu bieten. Wir schlendern durch die alte Gasse, die hier wohl so was wie die Hauptstraße ist. Ein Zeitungsladen hier, ein Gasthof dort. Schließlich, am Ende der Straße, gelangen wir an den hübschen Kirchplatz, an dem es auch zwei Cafés gibt.

»Ich hab Lust auf ein Eis«, sagt Pia und läuft zielstrebig auf eins der beiden Cafés zu. Sunny und mir bleibt nichts anderes übrig, als ihr zu folgen.

Wir haben Glück, dass es noch einen freien Platz in der Sonne gibt. Wir setzen uns auf die wackeligen Plastikstühle und studieren die Karte. Ich entscheide mich für einen Erdbeerbecher, Pia bestellt Spaghetti-Eis und Sunny einen Bananensplit.

Bis der Kellner kommt, plaudern wir und genießen die Sonne. Ja, gut, es ist nicht die spanische Sonne, aber auch hier und jetzt ist es ganz okay und auszuhalten. Außerdem ist heute schon Freitag und am Montag fahren wir zurück. Im Prinzip also nur noch zweieinhalb Tage.

»Ich geh noch mal kurz in den Zeitschriftenladen«, sagt Pia, nachdem wir unsere Bestellung aufgegeben haben, und erhebt sich. Verwundert sehe ich sie an.

Sunny scheint nicht weniger überrascht zu sein. »Hä? Was willst du denn da?«

Pia winkt ab. »Ach, ich brauche was zum Lesen. Bis das Eis kommt, bin ich zurück.« Schon setzt sie sich in Bewegung und ist schneller weg, als wir Piep sagen können.

»Sie liest nicht mal gerne«, sagt Sunny und verzieht das Gesicht.

»Was war denn eigentlich gestern und heute früh los mit dir?«, versuche ich es jetzt noch einmal. Ich mag Sunny und finde es schade, wenn er verstimmt ist.

Er wuschelt sich durch die Haare. »Ähm. Ach, ich weiß auch nicht so genau. Manchmal hat man eben schlechte Laune, oder?« Mit seinen großen grünen Augen schaut er mich an.

»Ja, schon«, stimme ich ihm zu. »Aber meistens weiß man doch, warum.«

Laut zieht er Luft durch die Zähne, sagt dann aber doch nichts.

»Hm«, mache ich irgendwann. »Du musst ja auch nicht drüber reden. Ich hab mich nur gewundert.«

Nun schweigen wir beide.
»Wie findest du die anderen aus der Gruppe eigentlich?«, will Sunny irgendwann wissen.
Ich lache laut auf. »Na, sehr durchwachsen. Mit Leonie hab ich ja meine Probleme, wie du vielleicht schon bemerkt hast. Christian ist still, aber nett, finde ich. Und Konrad …«, in Erinnerung an den Abend gestern und seine Tanzeinlage im Regen lache ich breit. »Der überrascht mich immer wieder.«
»Womit?« Sunnys Blick durchbohrt mich.
»Na, gestern, als er im Regen getanzt hat – da war er so lustig und aufgedreht. Das fand ich witzig. Und es hat mich eben überrascht, weil ich ihn so noch gar nicht kannte.«
»Mhm.« Sunny nickt und malt mit dem Zeigefinger Kreise auf den Tisch.
»Na, und euch zwei mag ich sowieso.«
Sunny schaut nur kurz auf. »Ah ja?«
»Klar! Ihr seid doch die beste Kanubegleitung überhaupt!«
Sunny kratzt sich hinter dem Ohr und nickt. »Jupp.«
Der Kellner tritt an unseren Tisch, in der Hand trägt er ein Tablett, auf dem unsere drei Eisbecher stehen.
»Na toll, und Pia ist noch immer nicht zurück«, stelle ich fest und schaue mich um. »Soll ich sie holen?«
»Nein, lass mal. Ich mach das.« Sunny schiebt seinen Stuhl abrupt nach hinten und flitzt los. Alleine mit drei Eisbechern vor der Nase komme ich mir komisch vor. Weil das Erdbeereis in meinem Becher zu schmelzen beginnt, schaufele ich schon ein wenig davon in mich hinein. Ratlos schaue ich Pias Spaghetti-Eis dabei zu, wie es in sich

zusammenfällt. Nur Sunnys Bananensplit hält sich noch einigermaßen. Und endlich sehe ich die beiden über den Platz auf mich zulaufen. Sunny mit versteinerter Miene, Pia, die wild auf ihn einredet. Er gibt ihr ein Zeichen, dass sie schweigen soll, sie nickt und kommt breit lächelnd auf mich zu. Was geht denn hier ab? Irgendwas verheimlichen mir die beiden.

»Tja, das Eis ist mittlerweile mehr flüssig als fest.« Mit meinem Löffel deute ich auf die Eisbecher.

»Kein Problem!« Pia schiebt sich auf ihren Stuhl und beginnt sofort, die Eissuppe zu löffeln. »Schmeckt trotzdem gut.«

»Hast du was zum Lesen bekommen?«, frage ich und kratze den letzten Rest vom Rand des Bechers.

»Nein, ist aber nicht so schlimm. So richtig viel Zeit zum Lesen habe ich hier ja doch nicht.«

Schweigend essen die beiden ihr Eis auf, dann zahlen wir und gehen zurück zum Campingplatz.

19. Kapitel

»Ich hab dir so viel zu erzählen!« Josy drückt mich so fest, dass mir fast der Atem wegbleibt.

Endlich sind die Libellen angekommen. Das Lagerfeuer haben wir in der Zwischenzeit zum Brennen gebracht, die Würstchen und der Stockbrotteig liegen bereit. Ebenso zahlreiche Stäbe, die Sunny und Sebastian angespitzt haben, damit man die Würste draufspießen und den Teig rumwickeln kann. Es herrscht ein totales Tohuwabohu. Überall wuseln Leute herum, Gepäck fliegt durch die Gegend. Hier versucht jemand, sein Zelt aufzubauen, dort sucht jemand seinen Packsack.

»Ich glaub, ich hab den liegen lassen!«

»Quatsch, du hast dir doch vorhin noch deine Badehose rausgeholt.«

»Komm, wir gehen ein Stück!« Josy zieht mich beiseite, bis wir eine Ecke gefunden haben, wo wir ein wenig Ruhe haben.

»Keanu hat mich geküsst!«, sprudelt es sofort aus ihr heraus. Ihre Augen leuchten, das kann ich sogar in der Dämmerung erkennen. Und dann plappert sie ohne Pause und berichtet, wie Keanu und sie sich langsam nähergekommen sind. Gebannt lausche ich ihren Ausführungen.

»Und bei euch? Gibt’s da schon Liebeleien?«

»Äh, nein!« Ich schüttele den Kopf. »Nur den Unfall von Lisa. Sonst ist nichts passiert.«

»Ehrlich?« Josy lehnt sich nach hinten und stützt sich mit den Armen ab. »Was ist mit Leonie und Konrad? Oder ist sie doch eher an Sunny interessiert?«

»Das weiß ich nicht so genau.«

Nun beugt sie sich wieder vor und kommt mir ganz nahe. »Und du?«

»Ich?« Erschrocken fahre ich zurück.

»Ja! Wen magst du am liebsten?«

»Keine Ahnung. Keinen. Konrad ist nett, Christian auch und Sunny sowieso.«

Josy ist nicht zufrieden mit meiner Antwort. »Hmmm.«

Und dann erzähle ich ihr, wie Konrad mich in den Regen gezerrt hat, und von Sunny, der mal total nett und dann wieder sehr abweisend ist.

Josy lauscht interessiert. »Ich beobachte das mal heute Abend. Komm, langsam sollten wir zurück. Ich glaube, die essen schon. Ich hab einen Bärenhunger!«

Als wir zurück am Lagerfeuer sind, halten die Ersten tatsächlich schon ihre Stöcke mit Brotteig oder Würstchen ins Feuer.

»Ah, da seid ihr!« Keanu kommt auf uns zu und legt Josy ganz selbstverständlich einen Arm um die Schultern. Sie schaut zu ihm hinauf und es knistert wie verrückt zwischen den beiden. Beschämt schaue ich zu Boden. Aber Keanu ist so nett, dass er seinen zweiten Arm sanft um meine Schultern legt und uns beide zu einer Bank am Feuer schiebt.

»Ich muss noch mein Campinggeschirr holen. Haltet ihr mir einen Platz frei?«, bitte ich. Josy nickt, und ich laufe rasch zu meinem und Leonies Zelt, das zum Glück verwaist ist. Suchend schaue ich mich um. Leonie sitzt etwas abseits zwischen Konrad und Sunny auf dem Rasen und wirft gerade laut lachend den Kopf in den Nacken.

Ein merkwürdiges Gefühl beschleicht mich, das ich aber nicht einordnen kann. Ebenso wenig kann ich einordnen, was da zwischen den dreien in der Luft liegt. Ich atme tief durch, suche mein Geschirr und bin gespannt, ob Josy heute Abend schlauer wird als ich.

Es ist ein richtig schöner Abend. Die Libellen sind eine viel lustigere und ausgelassenere Truppe als wir. Und in einer größeren Gruppe macht es eh viel mehr Spaß. Wir grillen, essen Nudelsalat und ein paar springen in der Dunkelheit noch in den See.

Ich plaudere viel mit Josy und Keanu und bemerke dabei, wie Josys Blick immer wieder über meine Schulter hinweg gleitet. Einmal drehe ich mich um und sehe Leonie und Konrad im Gespräch. Und irgendwann setzt sich Sunny zu uns, später auch Konrad. Leonie und ich ignorieren uns, so gut es geht. Es ist ein Hin und Her, und ich bin gespannt, ob Josy mehr sieht und versteht als ich.

»Und?«, frage ich sie, nachdem Chris und Sebastian uns alle gegen 22 Uhr auffordern, allmählich schlafen zu gehen.

Josy hakt sich bei mir unter, und gemeinsam gehen wir zum Waschraum, um Zähne zu putzen. »Hm, ich bin mir nicht sicher, aber ich glaube, dass Leonie ein Auge auf Konrad geworfen hat. Das haben wir ja schon im Basiscamp vermutet.«

»Ja«, ich nicke. »Und weiter?«

Josy hält mir die Tür zum Waschraum auf. »Na, keine Ahnung. Da läuft nichts, das ist klar.«

»Und warum?«

Josy lacht laut auf. »Woher soll ich das wissen? Vielleicht hat Konrad kein Interesse an ihr? Vielleicht findet er *dich* cooler als sie?« Mit einem lauten Knall stellt sie ihre Kosmetiktasche auf die Ablage über einem der Waschbecken und sieht mich auffordernd an.

»So ein Quatsch!«, rufe ich erschrocken aus. Das kann ich nicht glauben, echt.

»Na ja, zumindest passt es zu dem, was du mir erzählt hast. Tanzen im Regen und so.« Mit ihrer Zahnbürste in der Hand beginnt sie, sich im Kreis zu drehen, und singt dabei: »I'm singing in the rain, just singing in the rain …«

»Jetzt hör aber mal auf!« Zum Glück ist niemand außer uns beiden hier, aber es könnte ja jeden Moment jemand reinkommen. Leonie zum Beispiel. »Da ist gar nichts. Konrad und ich verstehen uns einfach gut. Nicht mehr.«

Endlich hört Josy auf, zu singen und zu tanzen. »Also, wenn ich du wäre, würde ich ihn mal drauf ansprechen. Ich glaube, ganz viel schlechte Laune in eurer Truppe kommt daher, dass keiner mit dem anderen redet.«

»Und wie soll ich das bitte schön anstellen?«, nuschle ich mit der schäumenden Zahnbürste im Mund.

»Frag ihn einfach. Ich kann das auch machen, wenn du willst.«

»Um Himmels willen, bist du verrückt geworden? Auf keinen Fall frage ich ihn, ob er mich toll findet!« Auf was für absurde Ideen Josy kommt! Das wäre ja wohl das Letzte.

Josy spuckt den Zahnpastaschaum ins Waschbecken. »Ich würde das klären an deiner Stelle. Wir haben nur noch zwei Tage, dann ist alles vorbei. Nicht, dass du hinterher traurig bist, weil du was verpasst hast.«

»Ich will aber nichts von Konrad!«, stelle ich noch einmal klar.

»Aber Leonie vermutlich.«

»Dann soll doch Leonie mit Konrad reden.« Das wäre doch eine logische Schlussfolgerung, oder nicht?

Josy betrachtet ihre Zähne im Spiegel und schrubbelt noch mal hier und dort nach. »Wenn Leonie aber denkt, dass du was von Konrad willst und er was von dir, dann wird sie nicht mit ihm reden, ist doch klar.«

»Herrje, das ist mir alles zu kompliziert, echt.« Frustriert werfe ich meine Zahnbürste in meine Kulturtasche und wasche mir mein Gesicht.

»Was ist denn mit Sunny eigentlich?«, fragt Josy nun, mittlerweile mit einem langen Faden Zahnseide in der Hand. Die nimmt's aber genau mit der Zahnreinigung.

»Jetzt lass mich in Ruhe mit all dem Unsinn! Als würde sich alles nur um Jungs drehen, mal ehrlich!« Energisch ziehe ich den Reißverschluss meiner Kosmetiktasche zu, klemme sie mir unter den Arm und wende mich zum Gehen. Josy wirft ihre Zahnseide in den Müll und läuft mir hinterher. »Warte doch mal!«

Wir drücken die Tür auf und laufen vor den Waschräumen Konrad, Christian, Leonie und einem anderen Mädchen in die Arme. Ausgerechnet!

Als Leonie mich sieht, hakt sie sich bei dem Mädchen, das zu der Libellen-Gruppe gehört, unter und zieht sie mit rollenden Augen in den Waschraum. Konrad und Christian bleiben zurück. Ich kann nicht glauben, dass die alle jetzt direkt vor der Tür standen, während Josy und ich dieses heikle Gespräch geführt haben. Ob sie was gehört haben? Josys Regen-Gesang zum Beispiel?

Doch mir bleibt gar keine Zeit, weiter zu grübeln, denn Josy nutzt direkt die Gelegenheit: »Ach, du bist Christian, oder? Wir waren bei dem einen Spiel am ersten Tag zusammen in der Gruppe, weißt du noch?« Sie redet auf ihn ein und geht mit ihm zurück zu den Zelten. Kurz bevor sie außer Hörweite sind, dreht sie sich noch mal um. »Und Konrad, mit dir wollte Mara kurz was besprechen.« Sie winkt lächelnd und ich möchte ihr am liebsten hinterherrennen und den Hals umdrehen.

Konrad und ich stehen alleine da und schauen uns ratlos an.

»Wo willst du hin?«, frage ich und deute mit der linken Hand auf den Waschraum, mit der rechten auf die Zelte.

»Zurück«, antwortet Konrad und wir setzen uns langsam in Bewegung. »Was wolltest du denn?«, fragt er auf halber Strecke.

Herrje, ist mir das unangenehm. Zum Glück ist es dunkel, sodass er nicht sehen kann, dass ich knallrot geworden bin.

»Ach, das war eigentlich Quatsch. Josy ist ein bisschen, ach, ich weiß auch nicht«, versuche ich mich rauszureden.

»Ja, was?« Konrad lässt nicht locker. Wir stehen vor den Zelten, und er deutet auf den Strand, der ein kleines Stück dahinterliegt. »Sollen wir uns da noch kurz hinsetzen?«

Oh nein, oh nein! Was, wenn Josy recht hat und Konrad wirklich Interesse an mir hat? Wortlos folge ich ihm und lasse mich mit ausreichend Abstand zu ihm in den Ufersand fallen.

»Also, sag schon, was wolltest du?« Das Mondlicht scheint uns direkt ins Gesicht. Es ist wieder eine wunderschöne, sternenklare Nacht.

Ich atme tief durch. »Ach, Josy ist total in Keanu verschossen und wünscht sich in ihrer Verknalltheit, dass alle hier innerhalb der nächsten zwei Tage Pärchen werden.« Mit der Hand greife ich in den Sand und lasse ihn durch meine Finger rieseln.

»Okay«, macht Konrad lang gezogen. »Und weiter?«

»Na ja, sie bildet sich ein, lauter Anzeichen zu sehen, wer in wen verliebt ist, und so.«

Konrad schaut mich aufmerksam an. »Ach ja. Und wer ist ihrer Meinung nach verliebt?«

»So genau weiß sie das auch nicht. Bist du verliebt?«, frage ich geradeheraus. Das ist vielleicht einfacher, als ihn mit einem an den Haaren herbeigezogenen Verdacht zu konfrontieren.

Konrad weicht ein Stück zurück. »Ähm. Das ist jetzt aber sehr direkt.«

Entschuldigend ziehe ich die Augenbrauen hoch. »Sorry, nicht auf meinem Mist gewachsen. Josy denkt, dass du vielleicht Leonie toll findest oder …«

Konrad hustet laut neben mir. »Was?«

Ich sage nichts, starre einfach nur vor mich hin und eine Weile sagen wir nichts.

»Und?«, frage ich irgendwann.

»Was und?«

»Na, findest du Leonie gut?«

Ein Räuspern. »Ja, vielleicht schon ein bisschen.«

Ich richte mich auf. »Echt?«

Wieder weicht er ein Stück zurück. »Ja, was denn?«

»Na, das ist doch super!« Ich bin total erleichtert, dass er nicht in mich verliebt ist, sondern in Leonie.

»Also, super würde ich das jetzt nicht nennen.« Nachdenklich reibt er mit seinen Füßen im Sand. »Ich glaube, sie findet mich nämlich nicht so toll.«

»Also, Josy sagt …«, beginne ich.

»Josy sagt ja eine ganze Menge.«

Lachend fahre ich fort. »Das stimmt. Aber Josy sagt, dass sie denkt, Leonie könnte vielleicht auch in dich verliebt sein.«

»Hm, das glaube ich nicht. Wieso ist sie denn dann manchmal so komisch? In manchen Momenten ist sie supernett und keine drei Minuten später die Oberzicke. Ich finde das ziemlich undurchschaubar.«

»Na ja.« Wieder greife ich in den Sand. »Vielleicht ist Leonie sich nicht sicher, wie du sie findest.«

»Ich bin aber immer gleich nett zu ihr.« Er hebt die Schultern und lässt sie wieder fallen.

»Ja, aber du bist nett zu allen. Du bist nett zu Leonie, nett zu Pia und auch nett zu mir. Vielleicht findet Leonie dein Verhalten ebenso undurchschaubar wie du ihres.« Das war doch jetzt eine kluge Schlussfolgerung. Josy wäre stolz auf mich.

Konrad starrt ins Wasser. »Meinst du?«

»Keine Ahnung, aber versuch doch mal, ihr ein klares Zeichen zu senden.« Ich greife mir eine Haarsträhne und zwirbele sie zwischen meinen Fingern. »Und wenn's das nächste Mal regnet, solltest du vielleicht eher mit ihr tanzen statt mit mir.«

Konrad sieht mich mit großen Augen an. Irgendwann nickt er. »Oh Mann, ihr Frauen seid echt kompliziert!« Nun lehnt er sich zu mir und gibt mir mit seiner Schulter einen Stups.

»Ach, hier seid ihr.« Erschrocken fahren wir herum. Sunny und Leonie stehen hinter uns. Ausgerechnet! Leonie dreht sich sofort um und rennt weg.

»Oh nein«, flüstert Konrad.

»Ihr sollt in die Zelte gehen. Nachtruhe«, sagt Sunny unterkühlt und wendet sich ebenfalls zum Gehen.

Konrad und ich rappeln uns hoch und folgen den beiden.

»Du solltest dringend mit Leonie reden«, wispere ich Konrad zu. »Gleich morgen, okay?«

»Ich versuch's.«

Der Platz vor unseren Zelten ist leer, alle haben sich schon zum Schlafen hingelegt. Ich winke Konrad noch einmal zu und krabbele dann in mein Zelt hinein.

Leonie liegt schon in ihrem Schlafsack und dreht mir den Rücken zu. Kurz überlege ich, ob ich versuchen soll, mit ihr zu reden, lasse es dann aber doch bleiben. Wahrscheinlich würde ich's nur schlimmer machen.

20. Kapitel

Am nächsten Morgen ist die Stimmung in unserer Gruppe unterirdisch. Leonie ignoriert jeden, der ihr über den Weg läuft. Konrad ist davon so verunsichert, dass er einfach stumm vor sich hin starrt. Sunny hängen die Haare so dicht vor den Augen, dass klar ist, dass er mit niemandem reden will. Nur Pia bemüht sich, halbwegs fröhlich auszusehen. Und auch die Libellen wuseln heiter durcheinander.

»Wir fahren gleich los«, sagt Josy, die schon fertig angezogen vor mir steht, ihr Gepäck über die Schulter geworfen. »Aber wir sehen uns ja morgen Nachmittag im Basiscamp.« Nun zieht sie mich ein Stück beiseite. »Hast du gestern noch was klären können?«

Matt nicke ich. »Ja, Konrad ist in Leonie verliebt, traut sich aber nicht, ihr das zu sagen oder zu zeigen.«

Josy rollt mit den Augen. »Oh Mann, er soll sich mal nicht so anstellen.«

»Na, er ist sich eben nicht sicher, ob Leonie ihn auch mag.«

»Hä? Na klar tut sie das! Das ist so offensichtlich!«

»Ja, für dich vielleicht.«

Josy grinst stolz. »Und sonst noch News?«

Ich schüttele den Kopf, während Josy sich nachdenklich

am Kinn kratzt. »Hm. Na, so wie es stimmungsmäßig bei euch aussieht, sollten da heute mal ein paar Gespräche stattfinden. Das geht ja gar nicht!«

»Josy, komm!«, ruft ein Mädchen.

»Du, ich muss los. Wir sehen uns morgen, ich freu mich drauf.« Wir umarmen uns und dann rennt Josy zu ihrem Kanu.

Noch einmal werfe ich einen Blick auf meine müde Truppe. Ja, vermutlich hat Josy recht. So kann es nicht weitergehen. Keine Ahnung, wie ich Konrad dazu bringen kann, mit Leonie zu reden. Und Sunny, der mir auch immer wieder finstere Blicke zuwirft, hat wohl kein sonderlich gesteigertes Interesse an einem Gespräch. Mal sehen, was der Tag so bringt.

Wortlos machen wir uns fertig, nehmen alle eine ausgiebige Dusche und verstauen schließlich unser Gepäck in den Kanus. So langsam merkt auch Sebastian, dass der Haussegen mächtig schief hängt.

»Leute, wir schauen mal, wie weit wir heute kommen. Ihr hängt ja alle ein wenig in den Seilen, scheint mir.« Prüfend blickt er einen nach dem anderen an. Dann holt er seine Karte hervor. »Wenn wir den Abstecher in diesen See auslassen, haben wir nur eine kurze Strecke und sind relativ früh am letzten Biwakplatz.«

Rundherum schwaches Nicken, also packt Sebastian seine Karte wieder ein und wir legen los. Vor uns liegt ein spiegelglatter See, richtig schön. Das Ufer ist dicht bewachsen, die Bäume hängen tief über der Wasseroberfläche. Wir verlassen den See, an dem der Campingplatz lag, und fahren durch einen engen, flachen Bach in den nächsten See hinein. Hier wird es plötzlich ein wenig windig und prompt fällt das Paddeln schwer. Meine Arme brennen, ich spüre jetzt die Anstrengung der letzten Tage. Sebastian merkt, dass wir kaum hinterherkommen, und wirft uns allen Müsliriegel zu. Eine kleine Stärkung tut gut. Aber wir sind noch mitten auf dem See und haben eine lange Strecke vor uns, bevor wir am anderen Ufer sein werden.

Nach anstrengenden anderthalb Stunden kommen wir an eine Schleuse. Sebastian betätigt einen grünen Hebel, der dafür sorgt, dass sich vor uns ein schweres Eisentor öffnet. Wir fahren durch und befinden uns kurz darauf in einer Art Kammer. Sebastian gibt uns ein Zeichen, dass wir uns am Rand festhalten sollen. Dort ist auch ein weiterer grüner Hebel angebracht, den er nun ebenfalls umlegt. Das Tor hinter uns schließt sich. Nach und nach steigt der Wasserpegel in unserer Kammer an und wir mit ihm. Nach zehn Minuten öffnet sich schließlich ein großes Tor vor uns und wir können weiterpaddeln. Durch einen kurzen Kanal kommen wir in einen neuen See.

»Jetzt ist es nicht mehr weit!«, ruft Sebastian. »Ich weiß, wir sind spät dran mit dem Mittagessen, aber in einer halben Stunde sind wir am Biwakplatz, und da bleiben wir für heute auch.«

Mein Magen hängt mir tatsächlich in den Kniekehlen. Der Müsliriegel hat zwar ein wenig geholfen, aber ein ordentliches Mittagessen kann so ein Riegelchen eben nicht ersetzen. Die Landschaft um uns herum ist wunderschön. Kraniche sitzen am Ufer, Enten und Schwäne schwimmen um uns herum.

»Wir sind mitten im Naturschutzgebiet«, erklärt Sebastian. »Schaut mal, da schwimmt ein Fischotter!«

Über uns fliegt kurz darauf auch ein Adler hinweg – Natur pur hier.

Als wir auf das Ufer zusteuern, merke ich, wie die Anspannung von mir abfällt. Das war anstrengend und ich bin am Ende meiner Kräfte. Auch den anderen scheint es so zu gehen, denn alle ziehen matt und wortlos ihre Kanus ans Ufer. Die übliche Euphorie bei der Ankunft an einem neuen Übernachtungsplatz bleibt aus. Niemand macht mehr, als er muss. Nur Sebastian hievt die Wasserkanister und die Essenstonne aus dem Kanu und reicht uns Getränke, Toastscheiben und Obst.

Während wir auspacken, entfernt sich Sunny von der Gruppe. Doch nicht, wie sonst meistens, zum Zeltaufbau oder etwas anderem Nützlichen. Nein, er kramt lediglich seine Isomatte aus seinem Gepäck, legt sich darauf und hat wohl vor, ein verspätetes Mittagsschläfchen zu halten.

»Super Idee«, findet Christian und tut es Sunny gleich. Ich werfe Konrad einen auffordernden Blick zu, mit dem ich ihm zu verstehen geben will, dass er endlich mit Leonie reden soll. Dann schnappe auch ich mir meine Isomatte, warte, bis sie sich endlich aufgeblasen hat, und lege mich zum Erholen in den Schatten.

Als ich später wieder aufwache, fühle ich mich ein wenig frischer. Auch alle anderen faulenzen um mich herum. Nach Reden ist mir nicht, also bleibe ich einfach liegen und halte mein Gesicht in die Sonne.

»Leute«, stört Sebastian irgendwann die Ruhe. »Klar, dass ihr müde seid, aber wir müssen uns trotzdem um ein paar Sachen kümmern. Zelte aufbauen, Holz sammeln, Kochen. Wer macht was?«

»Ich könnte heute Nudeln kochen«, schlägt Sunny vor.

»Ich helfe dir«, bietet sich Konrad an, was Sunny mit einem müden Schulterzucken hinnimmt.

Sebastian nickt. »Sehr gut, die Männer kochen heute. Dann kümmern sich die Damen um das Lagerfeuer?« Fragend schaut er zwischen Leonie, Pia und mir hin und her.

»Klar! Ich sammele Holz«, willige ich ein.

»Pah!« Leonie lacht laut auf. »Ausgerechnet du.«

»Ja, wieso denn nicht? Ich war ja schon mal Holz sammeln!« Nicht schon wieder so ein Seitenhieb von der Oberzicke. Das ist die Retourkutsche für mein gestriges Gespräch mit Konrad, ganz bestimmt.

»Na, du hast dich in den letzten Tagen hier als am wenigsten campinggeeignet erwiesen, meinst du nicht?«, sagt Leonie, ohne mich anzusehen.

»Denkst du wirklich, ich wäre zu blöd, Brennholz zu finden?«, fauche ich.

Leonie holt tief Luft und sagt dann gedehnt: »Na ja. Um ehrlich zu sein, schon.«

Als ich ihr schon eine gepfefferte Antwort um die Ohren hauen will, hebt Sebastian beruhigend die Hände in die Höhe. »Wie wäre es, wenn ihr zwei zusammen Holz sammeln geht? Dann könnt ihr euren kleinen Zwist vielleicht unterwegs aus der Welt schaffen und mit guter Laune zurückkommen.«

Mit verschränkten Armen sehen wir zwei uns an. Widerrede ist zwecklos, Sebastian hat sich schon an Pia gewandt, um ihr eine Aufgabe zuzuteilen. Eindeutig – er hat die Nase voll von Leonies und meinem Gezicke. Also ziehen wir los.

»Dann zeig mal, was du draufhast«, fordert Leonie mich auf. Blöde Kuh!

»Na, dann warte mal ab!« Als hätte ich nie was anderes gemacht, deute ich auf das angrenzende Waldstück. Wald gleich Bäume, ist ja wohl klar. Doch schon bald wundere ich mich sehr, denn dieser Wald hier sieht so aufgeräumt aus. Als ich mit Konrad und Christian Holz sammeln war, lagen viel mehr Äste auf dem Boden herum, die wir einfach nur aufheben mussten. Ratlos sehe ich mich um. Überall nur Gras und Moos und die Bäume sind hier auch viel höher. Selbst wenn ich wollte, könnte ich hier keinen Ast abbrechen. Was sind das für Bäume? Birken? Ja, ich glaube schon.

»Ähm«, mache ich ratlos. »Da müssen wir wohl ein Stück tiefer in den Wald gehen.«

Leonie trottet mir wortlos hinterher. Ist das jetzt ein Test? Hat sie vielleicht schon direkt erkannt, wo es hier zum Brennholz geht? Über die Schulter hinweg werfe ich ihr einen Blick zu. Leonie macht ein Pokerface. Ich kann nicht ablesen, ob sie einen Plan hat oder genauso verloren ist wie ich.

Aber so, wie ich sie in den letzten Tagen kennengelernt habe, lässt sie mich kilometerweit in den Wald hineinlaufen, um sich hinterher, wenn wir zurück sind, vor den anderen über mich lustig zu machen. Das würde so zu ihr passen! Ich spüre, wie Wut in mir aufsteigt. Aber ich werde nicht klein beigeben. Ich werde jetzt tiefer in diesen Wald hineingehen und irgendwo das blöde Brennholz auftreiben!

Wir laufen weiter und weiter, doch der Wald ändert sich nicht.

»Ist es noch weit?«, fragt Leonie irgendwann scheinheilig.

Wütend fahre ich herum. »Hast du etwa eine Ahnung, wo es hier langgeht?«, funkele ich sie an.

Spöttisch schaut sie zurück. »Na ja, vor ungefähr fünf Minuten sind wir an einem Nadelwald vorbeigekommen. Da hätten wir sicher bessere Chancen gehabt als hier.« Vielsagend hebt sie ihre Hand und deutet auf die Bäume.

»Und warum, zur Hölle, hast du dann nichts gesagt?« Wie kann man nur so bescheuert sein? Egal, wie blöd ich sie finde, ich würde sie niemals so auflaufen lassen!

»Du hast doch besagt, dass du das mit dem Holzsammeln draufhast. Da wollte ich dir deinen Erfolg nicht nehmen.« Sie klimpert unschuldig mit den Augen.

»Himmel, was ist nur los mit dir? Was ist dein Problem?«, keife ich sie an.

»*Du* bist mein Problem!«

Wir sind beide auf 180, stehen voreinander wie zwei wütende Hunde, die gleich aufeinander losgelassen werden. Am liebsten würde ich ihr die Augen auskratzen, doch dann drehe ich einfach ab und stürme in den Wald hinein.

Verdammt, denke ich mir bereits nach wenigen Metern, das war eine total dumme Idee! Jetzt bin ich hier irgendwo im Wald und weiß nicht genau, wo. Und dann auch noch allein! Aber ich laufe weiter. Ob Leonie mir hinterherkommt? Oder lässt sie mich hier einfach zurück?

Langsam wird der Wald dichter und es wird dunkler. Ich bleibe stehen. Das macht alles keinen Sinn. Als ich mich umdrehe, sehe ich keine Leonie hinter mir. In welche Richtung ging es noch mal zurück ins Camp? Ich bin nicht sicher.

Ich werfe einen Blick auf meine Uhr. Wir sind eine knappe halbe Stunde durch den Wald geirrt. Vermutlich haben wir uns ein ganzes Stück vom Camp entfernt und ich habe jegliche Orientierung verloren. Was mache ich denn jetzt nur? Mein Handy habe ich natürlich nicht dabei. Wobei ich hier vermutlich auch gar keinen Empfang hätte, in dieser bescheuerten Einöde.

Ein Knacken.

Ich kann nichts erkennen. Der Wald ist zu dunkel. Die Blätterkronen über mir schirmen das Tageslicht ab. Oder wird es schon dunkel?

Wieder knackt es neben mir. Diesmal etwas lauter. Was ist das? Leonie? Ich kann sie aber nirgendwo sehen. Oder ist es ein Tier? Gibt es hier Bären? Nein, die gibt's nicht mehr in Deutschland, oder? Aber Wildschweine. Oh Himmel. Einem wild gewordenen Wildschwein möchte ich wirklich nicht begegnen!

»Buh!«, macht es plötzlich. Ich erstarre in der Bewegung, kneife die Augen zusammen und rechne mit dem Schlimmsten. Doch nichts passiert. Ich drehe mich langsam um und sehe Leonie, die grinsend zwischen den Zweigen steht.

Mein Herz ist beinahe stehen geblieben. Jetzt setzt es wieder ein und rast wie verrückt.

»Du bist so bescheuert!« In meiner Panik und Wut gebe ich Leonie einen Schubs, doch sie lacht nur noch lauter.

»Du sahst so lustig aus! Voll im Panikmodus!« Sie lacht und lacht.

»Jetzt krieg dich mal wieder ein.« Ich atme tief ein und aus, stütze meine Arme auf die Oberschenkel und lasse erschöpft den Kopf fallen. Was für ein Schreck!

»Hast du eine Ahnung, wo wir sind und wie wir zum Camp zurückkommen?«, frage ich, als ich meinen Körper wieder einigermaßen unter Kontrolle habe.

Leonie wischt sich die Lachtränen aus den Augen. »Um ehrlich zu sein, nicht so hundertprozentig!«

Kopfschüttelnd sehe ich sie an. »Wieso du dann noch lachst, weiß ich wirklich nicht! Wie sollen wir denn jetzt zurückkommen?«

»Ach, beruhige dich mal. Wir kamen von links.« Sie deutet mit dem Arm in eine Richtung, die ich auch vorgeschlagen hätte. Also setzen wir uns in Bewegung. Holz haben wir immer noch nicht, aber das ist mir jetzt egal. Ich will zurück, nur zurück. Selbst wenn uns alle auslachen, weil wir zu blöd zum Holzsammeln sind.

Wir laufen und laufen und reden kein Wort.

Irgendwann sagt Leonie: »Mir kommt das hier null bekannt vor.«

Ich bleibe abrupt stehen. »Na super, du Profi-Campinggirl! Du weißt doch sonst immer alles.«

Nun sieht sie sogar ein wenig kleinlaut aus. »Du bist so tief in den Wald reingelaufen, dass ich nicht mehr weiß, wie wir zurückkommen.«

»Oh verdammt! Was machen wir denn jetzt?«, rufe ich viel zu laut. Die Dämmerung setzt ein, bald werden wir gar nichts mehr sehen.

»Komm, wir gehen weiter. Irgendwo muss was sein außer Wald. Eine Straße, eine Siedlung, irgendwas.« Leonie zieht mich weiter.

»Verdammt!«, schimpfe ich. »Können wir hier an den Bäumen nicht irgendwas ablesen? Fußspuren suchen oder so? Was macht ihr Survivalfreaks denn, wenn ihr euch in der Wildnis verlauft, hä?«

Leonie funkelt mich an. »Ich kann dir sagen, dass da Westen ist. Sieht man am Moosbewuchs der Bäume. Aber was hilft das? Weißt du, in welcher Richtung das Camp liegt? Hast du eine Karte dabei, die uns zeigt, was im Norden liegt? Nein? Ja, und was nun?«

Wir kochen beide vor Wut und laufen weiter, immer weiter. Über uns fängt der Himmel an zu grollen. Zieht jetzt etwa auch noch ein Gewitter auf?

»Da vorne ist was.« Ich bleibe stehen. Irgendwo zwischen den Bäumen entdecke ich etwas großes Weißes.

Auch Leonie hält an und senkt ihre Stimme. »Was ist das? Sieht aus wie ein Haus.«

»Ist das gut oder schlecht?«, flüstere ich. »Ich meine, hier so ganz alleine im Wald. Da könnte auch ein Triebtäter drin wohnen.«

»Jetzt hör aber mal auf!« Mutig schleicht Leonie voran. Ein wenig gebückt schiebt sie sich zwischen den Bäumen hindurch. Wir kommen dem weißen Haus immer näher.

»Sieht aus wie eine Kapelle oder so«, flüstert Leonie mir zu.

Über uns ein Donnern. Und dann die ersten Regentropfen.

»Verdammt, wir müssen da rein!« Leonie greift meinen Arm und zieht mich mit. Ich mache mir fast in die Hose vor Angst. Wir schleichen um die Kapelle herum, versuchen zu erkennen, was sich drinnen verbirgt, aber sie sieht verlassen aus. Vorsichtig schiebt Leonie die hölzerne Tür auf, die laut quietscht. »Hallo?«, fragt sie leise. Und egal, wie doof ich sie fand, jetzt ist sie gerade verdammt mutig.

Wir schieben uns in die Kapelle hinein, die glücklicherweise leer ist, aber dafür ziemlich verfallen. Das Dach ist kaum mehr vorhanden, nur an einer Seite bietet es noch etwas Schutz. Da der Regen nun heftig auf uns niederprasselt, kauern wir uns in diese Ecke. Wir müssen uns fest aneinanderdrücken, damit wir beide Platz finden. So verharren wir für eine lange Zeit. Und der Regen hört nicht auf.

21. Kapitel

Nach einer halben Stunde nimmt der Regen allmählich ab. Langsam erwachen wir aus unserer Starre.

Leonie steht auf und geht ein paar Schritte im Kreis. »Okay, wir brauchen einen Plan.«

»Ich habe wirklich keine Ahnung, wie der aussehen könnte.« Ich recke meine Arme in die Luft. Mir tut alles weh, aber immerhin bin ich halbwegs trocken geblieben.

»Wir müssen hier raus und das Camp suchen«, sagt Leonie, ohne mich anzusehen.

»Wir suchen schon die ganze Zeit. Leider erfolglos, schon vergessen?«, muffle ich sie an.

Leonie zieht ihre Strickjacke fest zusammen. »Also, ich gehe. Du kannst gerne hierbleiben und warten, bis man dich findet. Wenn du Glück hast, bist du bis dahin noch nicht vollends verwest.« Ohne auf eine Reaktion zu warten, stapft sie los.

Ich überlege nur für den Bruchteil einer Sekunde, doch mir ist natürlich klar, dass ich keine andere Wahl habe, als ihr zu folgen. Also laufen wir wortlos weiter. Ob die anderen uns schon suchen? Wir sind bereits über eine Stunde weg.

Immer wieder lausche ich in die Stille hinein, aber ich höre keine Rufe, nichts. Allmählich überkommt mich Verzweiflung. Was, wenn wir den Weg zurück nicht finden und die Nacht im Wald verbringen müssen? Alles ist nass, wo sollten wir schlafen? Hätten wir doch bei der Kapelle bleiben sollen? Mein Hals schnürt sich immer mehr zusammen.

Doch dann höre ich plötzlich etwas. Ich lausche angestrengt. Da ist etwas. Ein … ein Rauschen. Ich bleibe stehen, schließe die Augen und versuche zu orten, wo dieses Rauschen herkommt.

»Was ist denn?« Leonie will nicht stehen bleiben, so viel ist klar. Doch ich hebe nur die Hand. »Horch!«

»Also, ich höre nichts.« Leonie will wieder losstapfen, doch ich halte sie zurück. Noch einmal lausche ich, dann gehe ich in die Richtung, aus der ich denke, dass das Rauschen kommt. Leonie folgt mir auf Zehenspitzen, bis der Wald vor uns plötzlich lichter wird. Und dann sehen wir einen Fluss!

»Sieh nur«, rufe ich stolz. Zwar weiß ich noch nicht genau, wie uns das weiterhelfen kann, aber ein Fluss ist besser als nichts. Und immerhin liegt unser Camp an einem See. Vielleicht führt dieser Fluss ja zu *unserem* See.

Leonie scheint ähnliche Gedanken zu haben. »Nicht schlecht«, sagt sie leise. »Komm, wir schauen uns das mal an.«

Sie geht durch die letzte Baumreihe hindurch und steht am Ufer des Flusses, der nur so an uns vorbeirauscht. Die Strömung scheint viel stärker zu sein als bei den Flüssen, auf denen wir mit unseren Kanus gefahren sind.

»Wir sind aus dieser Richtung gekommen, da bin ich mir sicher.« Leonie schaut flussabwärts, nach links. »Ich weiß aber nicht, ob dieser Fluss hier zu unserem See führt.«

»Sollen wir ihm folgen? Wir haben kaum eine andere Wahl, oder?«

Nickend schaut Leonie mich an. Dann laufen wir weiter. Leonie läuft direkt am Ufer, ich folge ihr vorsichtig. Das reißende Wasser ist mir nicht geheuer. Der Weg wird immer schmaler. Und es wird immer dunkler. Bald werden wir nicht mehr sehen können, wo wir hintreten, schon jetzt ist es schwierig.

Und mit einem Mal geht alles ganz schnell. Leonie rutscht im feuchten Flussbett aus. Beim Versuch, sich wieder hochzurappeln, stolpert sie noch einmal und rutscht in den Fluss. Ich eile zu Hilfe, halte ihr eine Hand hin, doch die Strömung ist so stark, dass sie Leonie augenblicklich mitreißt.

»Hilfe!«, ruft Leonie. Ich renne am Ufer entlang, gerate aber immer wieder ins Schlittern.

»Du musst mich hier rausziehen!«, kreischt Leonie, die versucht, sich irgendwo festzuhalten, aber die Steine sind zu glitschig, sie rutscht immer wieder ab.

»Da!«, rufe ich ihr zu, denn sie steuert direkt auf einen umgefallenen Baum zu, an dem sie sich tatsächlich festkrallen kann. Ein Glück, erst mal wird sie von der Strömung nicht weitergezogen. Aber aus dem Fluss muss sie trotzdem noch heil rauskommen.

»Du musst näher zu mir!«, ruft sie. Mich überkommt Panik. Was, wenn ich falle? Was, wenn der Fluss mich mitzieht? Was, wenn ich untergehe? Kalter Schweiß tritt auf meine Stirn.

Leonie gibt mir Anweisungen, die ich vor lauter Aufregung nicht höre. Am liebsten würde ich wegrennen, doch ich kann Leonie hier nicht alleine im Fluss zurücklassen. Nicht mal, wenn ich vorgebe, Hilfe zu holen. Wir wissen beide, dass ich hier keine Hilfe finden kann. Weil es nur uns zwei gibt und wir nicht mehr wissen, wo unser Camp ist.

»Ich kann mich nicht mehr lange halten!« Leonies Stimme wird flehend.

Okay. Langsam erwache ich aus meiner Schockstarre. »Was soll ich tun?«, rufe ich entschlossen.

»Hab ich dir schon gesagt! Besorge einen dicken Ast und halte ihn mir hin, damit ich mich zu dir rüberziehen kann.«

Hektisch schaue ich mich um. Glück im Unglück, in diesem Waldabschnitt liegen wirklich sehr viele Äste auf dem Boden. Hätten wir hier nicht gleich zu Anfang unserer Suche landen können? Ein paar Schritte entfernt finde ich einen langen Ast, der recht stabil aussieht. Ich schleife ihn hinter mir her zum Ufer und wuchte ihn ins Wasser. Die Strömung ist wirklich stark und droht immer wieder, mir den Ast aus der Hand zu reißen. Doch ich nehme all meine Kraft zusammen und schiebe ihn in Leonies Richtung.

»Das reicht nicht!«, ruft sie mir zu. »Du musst näher zu mir ran.«

Ich nicke. Noch stehe ich am sicheren Ufer und alles ist gut. Wenn ich nun aber näher an Leonie rangehen soll, muss ich unweigerlich in den Fluss steigen. Erneut steigt Panik in mir auf.

»Bitte, mach! Ich kann nicht mehr!« Leonies Stimme klingt erbärmlich und verzweifelt. Also atme ich tief durch und gehe einen Schritt vor, dann noch einen und noch einen, bis mir das reißende Wasser die Knie umspült. Doch nun kann Leonie endlich nach dem Ast greifen. Irgendwie gelingt es ihr, sich von dem umgefallenen Baum abzustoßen, sodass sie einen Bogen macht und in meine Richtung steuert.

»Zieh!«, ruft sie mir zu.

Das mache ich und zerre mit aller Kraft den Ast und mich selbst aus dem Wasser heraus. Immer wieder rutschen mir die Füße weg, doch irgendwie schaffe ich es, an Land zu kommen.

»Versuche, hinter den Stein da zu klettern!«, ruft Leonie.

Schritt um Schritt ziehe ich mich voran, bis ich tatsächlich den großen Stein erreiche und mich mit den Füßen daran abstützen kann. Nun habe ich besseren Halt und Leonie kann sich am Ast langsam in Richtung Ufer voranziehen. Als mir die Kräfte schon versagen wollen, hat sie es endlich geschafft.

Wie ein nasser Hund lässt sie sich neben mich in den Schlamm fallen. Die Strömung reißt mir den Ast aus der Hand und er rauscht in Windeseile davon. Erschöpft sacke ich zusammen. Leonie krabbelt auf mich zu. Sie schluchzt und klammert sich an mich. »Oh Gott, ich hatte so eine Angst!«

Nun beginne auch ich zu schluchzen und wir liegen uns heulend in den Armen. Das Weinen tut gut und lässt zumindest einen Teil der Anspannung von mir abfallen.

»Danke«, sagt Leonie kurz darauf und wischt sich die Tränen aus den Augen.

Kraftlos zucke ich mit den Schultern. »Klar!« Und dann umarme ich sie noch einmal, weil ich so erleichtert bin, dass alles gut gegangen ist.

Mittlerweile schlottern wir beide vor Kälte. Leonie schaut mich mit blauen Lippen an. »Eigentlich bist du gar nicht so blöd.«

»Na, vielen Dank!«, bibbere ich zurück, muss aber lachen. »Ich weiß eh nicht, was für ein Problem du mit mir hast.«

Leonie zieht einen Mundwinkel hoch. »Na wegen Konrad. Weil er dich viel toller findet als mich.«

Verblüfft betrachte ich sie. »Ernsthaft? Das denkst du nicht wirklich, oder?«

»Das sieht ja wohl jeder. Ihr tanzt im Regen, sitzt romantisch zusammen am See, ihr lacht die ganze Zeit.« Leonie seufzt tief. »Du hast dich wirklich ganz schön an ihn rangeschmissen – seit dem ersten Moment im Bus.«

»Das stimmt nicht.« Ich ziehe die Augenbrauen zusammen. »Ich hab mich gar nicht an ihn rangeschmissen. Wir mögen uns, ja, das stimmt. Aber mehr ist da nicht, echt!«

»Pffft«, macht Leonie und wendet sich ab.

Ich greife ihren Arm. »Ehrlich! Glaub mir das! Konrad ist überhaupt nicht mein Typ.«

Mit funkelnden Augen sieht sie mich an. »Ach ja? Und warum habt ihr gestern Abend so kuschelig am See gesessen?«

»Mensch, weil Konrad mir sein Herz ausgeschüttet hat! Er findet *dich* toll, weiß aber nicht, wie er dir das zeigen kann.«

Leonie schüttelt den Kopf. »Das glaubst du doch wohl selber nicht.« Richtig traurig sieht sie jetzt aus. Das tut mir leid.

»Ich glaube, er ist total schüchtern. Eigentlich wollte er heute mit dir reden. Aber das hat er wohl nicht auf die Reihe bekommen.« Ich rappele mich hoch und halte Leonie eine Hand hin, um sie hochzuziehen. »Komm, wir suchen jetzt den Weg zum Camp und dann redet ihr.«

Ich hake mich bei Leonie unter und dann gehen wir immer am Fluss entlang. Irgendwas in mir glaubt fest daran, dass wir nun wieder zurückfinden.

22. Kapitel

Es ist bereits dunkel, als Leonie und ich Arm in Arm das Camp erreichen. Wir haben uns die ganze Zeit am Ufer entlang orientiert und sind tatsächlich auf den See gestoßen. Ich habe nichts wiedererkannt, aber Leonie war sich sofort sicher, dass es *unser* See sein muss.

»Schau mal, die Insel da hinten. Da sind wir dran vorbeigekommen. Nur aus der anderen Richtung«, hat sie mir gut zugeredet und mich weitergezogen.

Und dann haben wir den Schein des Lagerfeuers gesehen. Ab diesem Moment wurden unsere Schritte immer schneller.

»Oh Gott, da seid ihr ja!« Pia entdeckt uns sofort. Sie springt auf und rennt auf uns zu. »Wir haben uns solche Sorgen gemacht! Die anderen suchen euch überall.« Sie schiebt uns zum Lagerfeuer. »Ihr seid ja klatschnass. Wärmt euch erst mal auf.« Pia drückt uns auf die Holzbänke vor dem Feuer und rennt dann zu den Zelten. Kurz darauf kehrt sie mit Handtüchern und zwei Pullovern zurück.

Leonie und ich trocknen uns ab, ziehen die nassen Shirts über die Köpfe und streifen die Pullis über, die vermutlich

Sunny gehören. Pia hat wohl in der Hektik vergessen, dass wir ja unsere eigenen Klamotten dabeihaben. Egal.

Wir erzählen Pia, die uns besorgt zuhört und uns liebevoll Tee kocht und Nudeln vom Abendessen auf Teller füllt, von unserem Abenteuer.

»Ich versuche jetzt mal, Sunny zu erreichen.« Wieder steht sie auf und holt ihr Handy. Sie tippt darauf herum, hält sich das Gerät ans Ohr und wartet. »Mist, kein Empfang. Dann müssen wir abwarten.«

Ich habe ein schlechtes Gewissen, weil die anderen jetzt im Wald herumirren und uns suchen, aber Pia beruhigt uns. »Wir haben abgemacht, dass alle Viertelstunde im Wechsel ein Trupp zum Camp zurückkommt. Gleich sollten Konrad und Christian da sein. Sunny und Sebastian kommen dann spätestens fünfzehn Minuten später. In weniger als einer halben Stunde sind alle wieder da, kein Problem! Ihr wärmt euch jetzt erst mal auf, okay? Das ist viel wichtiger!«

Artig nicken Leonie und ich. Immer wieder tauschen wir Blicke aus. Irgendwas ist anders zwischen uns.

»Komm, wir ziehen uns um«, fordert Leonie mich auf, als unsere Tassen und Teller leer sind. Irgendwer hat seit unserem Aufbruch unser Zelt aufgebaut und eingeräumt. Wieder überkommt mich ein schlechtes Gewissen. Aus unseren Packsäcken holen wir trockene Unterwäsche und Hosen heraus und ziehen uns um.

»Wir sind wieder da!«, ruft es, kaum dass wir in trockenen Hosen stecken. Konrad und Christian! Gerade wollte ich mir eins meiner Shirts anziehen, doch nun behalte ich Sunnys Pullover an, obwohl er ein wenig klamm ist. Trotzdem ist er schön kuschelig, ich mag ihn gar nicht ausziehen. Leonie und ich laufen in den hellen Schein des Lagerfeuers zurück.

»Hier sind wir!«, rufen wir den beiden Jungs zu. Irritiert sehen sie uns an, dann rennen sie auf uns zu. Konrad nimmt mich sofort in den Arm. Oh nein, nicht schon wieder! Wieso nimmt dieser Trottel denn nicht zuerst Leonie in den Arm?

Ich schiebe ihn von mir weg und werfe ihm einen durchdringenden Blick zu. Mit dem Kopf deute ich unauffällig auf Leonie. Konrad begreift und dreht sich zu ihr. »Alles okay?«, fragt er schüchtern.

Um die beiden nicht zu stören, wende ich mich an Christian.

»Tut mir so leid! Wir sind immer tiefer in den Wald reingelaufen, weil wir unter diesen blöden Birken kein Holz finden konnten. Habt ihr lange gesucht?«

Christian zieht eine Schnute. »Nein, nicht so lange! Ich glaube, ihr wart zwei Stunden weg. Es hat ja zwischendurch ziemlich stark geregnet, und wir dachten, dass ihr euch sicher irgendwo untergestellt habt. Als ihr dann aber immer noch nicht zurückgekommen seid, haben wir angefangen, uns so richtig Sorgen zu machen. Aber unsere beiden Suchtrupps sind erst eine gute halbe Stunde unterwegs.«

»Puh«, atme ich erleichtert aus. »Sebastian wird sicher trotzdem wütend sein.«

Nun wiegt Christian den Kopf hin und her. »Ja, das ist gut möglich. Aber Hauptsache, ihr seid zurück und es ist nichts Schlimmes passiert.«

Vorsichtig schaue ich zu Konrad und Leonie hinüber, die nun angeregt miteinander plaudern. Ich ziehe Christian zum Lagerfeuer. Hoffentlich sprechen Konrad und Leonie sich endlich mal aus!

Zehn Minuten später kommen auch Sunny und Sebastian endlich zurück. Intuitiv ziehe ich den Kopf ein aus Angst vor Sebastians Standpauke, doch der drückt mich erst mal nur fest an sich. »Ein Glück, dass ihr gesund seid! Wir reden aber gleich noch«, kündigt er trotzdem an. Dann lässt er mich erst mal stehen, um zu Leonie zu gehen. Er begutachtet ihre Schrammen und holt einen Verbandskasten aus seinem Packsack.

Nun steht mir Sunny gegenüber. »Mensch, ich hab mir solche Sorgen um dich gemacht! Wo warst du denn? Was ist passiert?«

Brav erzähle ich die Geschichte noch einmal. Sunny betrachtet mich aufmerksam, lauscht jedem meiner Worte. Und als ich am Ende meiner Erzählung angelangt bin, legt er mir eine Hand auf den Arm. »Ich bin echt froh, dass du heil zurück bist.«

Ich schaue auf seine Hand hinab, die noch immer auf meinem Arm ruht, dann hinauf in sein Gesicht. Rasch zieht er die Hand weg, dabei wollte ich das gar nicht. Irgendwie war seine Hand schön warm auf meinem Arm.

»Pia hat mir deinen Pullover geliehen«, sage ich, um überhaupt irgendwas zu sagen.

»Ja klar, kein Problem.« Er grinst ein schelmisches Lächeln.

»Ich geb ihn dir nachher zurück, okay?«

»So, Leute, kommt mal her!«, trommelt Sebastian uns alle zusammen. »Ich würde vorschlagen, wir versuchen jetzt, uns einen netten Abend zu machen. Das haben wir uns alle verdient. Wir plündern die Vorräte, morgen ist ja ohnehin Schluss. Lasst uns vielleicht noch was spielen oder singen, was meint ihr? Oder wollt ihr eine echt fiese Gruselgeschichte hören?«

»Nein danke!«, Leonie winkt ab. »Gegruselt haben Mara und ich uns schon genug.«

Alle lachen, was wirklich guttut nach den letzten Stunden. Pia und Christian begutachten unsere Vorräte und finden tatsächlich noch ein paar Marshmallows und eine Tafel Schokolade. Christian schlägt vor, Pfannentoasts zu grillen, und ein Glas Würstchen ist auch noch da.

Sunny legt ein paar Holzscheite aufs Feuer und Sebastian zieht Leonie und mich beiseite.

»Mädels, das war echt eine blöde Aktion!« Er mustert uns mit zusammengezogenen Augenbrauen.

»Na, das war ja nicht geplant«, verteidigt Leonie uns. »Wir haben uns einfach verlaufen. Passiert eben mal.«

Sebastian nickt langsam. »Ja klar. Aber ganz ehrlich, ich glaube, außer euch beiden wäre das keinem anderen aus der Gruppe passiert. Und das nicht, weil ich euch für dumm oder so was halte.« Kurz schweigt er. »Ihr solltet an eurer Teamfähigkeit arbeiten. Ihr zwei seid immer so sehr mit Zickereien beschäftigt, dass ihr das Wesentliche aus den Augen verliert.«

Leonie und ich schauen betreten zu Boden. Mein Gesicht glüht.

Als keine von uns etwas antwortet, fährt Sebastian fort: »Ich hoffe, dass diese Aktion wenigstens dafür hilfreich war.«

Nun nicke ich. »Glaub schon, ja.« Vorsichtig schaue ich zu Leonie hinüber, die ebenfalls nickt.

»Ja, wir haben uns auch ein wenig ausgesprochen«, stammelt sie nun und zupft dabei an ihrem Shirt herum.

»Heureka!«, stößt Sebastian hervor. »Dann spare ich mir die weitere Standpauke und vertraue darauf, dass ihr keinen Mist mehr baut. Kommt, wir gehen zu den anderen!« Er legt uns die Arme um die Schultern und zu dritt laufen wir zum Lagerfeuer zurück. Ich überlasse Leonie den Platz neben Konrad und gehe weiter. Pia steht gerade auf und räumt ihren Platz neben Sunny. »Setz dich ruhig, mir ist das hier gerade eh zu warm.« Damit geht sie eine Bank weiter. Wie geheißen, setze ich mich neben Sunny.

»Und? Wie war die Standpauke?«, fragt er leise.

»Zum Glück sehr human.«

Nun reicht er mir einen Stock. »Was willst du? Würstchen oder Marshmallows?«

Dankbar nehme ich ihm den Stock ab. »Danke, ich hatte gerade schon Nudeln. Aber ich nehme gerne Marshmallows.«

Während ich die weichen Zuckerstücke aufspieße, schaue ich zu Leonie hinüber. Das Eis zwischen ihr und Konrad scheint gebrochen zu sein. Sie sitzen dicht nebeneinander und unterhalten sich leise. Immer wieder schiebt Leonie eine Haarsträhne hinters Ohr.

Christian, Pia und Sebastian wälzen in einem Liederbuch

und diskutieren lautstark, welche Songs sich am besten für das Lagerfeuer eignen. Pia will was Trauriges, weil es ja der letzte Kranich-Abend ist, Christian will lieber etwas, was gute Laune macht. Nur Sunny schaut mich abwartend an.

»Alles okay?«, fragt er mich.

»Ja, wieso?« Vorsichtig halte ich den Stock mit meinen wabbeligen Marshmallows über das Feuer und versuche, sie dabei nicht in die Flammen geraten zu lassen.

Sunny scharrt mit den Füßen über den Boden. Als ich ihn fragend ansehe, deutet er mit dem Kopf auf Leonie und Konrad.

Ich lache. »Ja, ich glaube schon. Der Waldausflug hat uns viel nähergebracht, denke ich.«

»Oh«, macht Sunny, und ich sehe ihm an, dass irgendwas nicht stimmt.

»Was denn? Seid ihr nicht alle froh, wenn das Gezicke zwischen uns endlich aufhört?«

»Ach so, ich dachte, du sprichst von Konrad.« Die Flammen werfen Schatten auf sein Gesicht.

»Hä? Nein, wieso sollte der Waldausflug Konrad und mich näher zusammengebracht haben? Wenn schon, dann *die* zwei.« Ich zwinkere mit einem Auge, doch Sunny schaut mich nicht an.

»Ist das nicht komisch für dich?« Keine Ahnung, was er da im Feuer sieht, aber es muss wahnsinnig interessant sein.

»Wieso?«

»Na, es war ja nicht zu übersehen, dass du und Konrad mächtig Spaß zusammen habt.« Sunny räuspert sich. Und mir fällt vor Schreck ein Marshmallow ins Feuer. Jetzt nicht auch noch Sunny!

Gut, dass ich zwei Marshmallows aufgespießt habe. Den anderen hole ich jetzt zu mir heran und ziehe die klebrige Masse vorsichtig vom Stock. Autsch, heiß!

»Ja, schon, wir verstehen uns gut, aber nicht so.« Verdammt, wie das klebt!

Endlich dreht Sunny den Kopf wieder zu mir. »Ach nein? Das sah aber ganz anders aus.«

»Quatsch!« Endlich schiebe ich den weißen Zuckerschaum in meinen Mund. Es schmeckt köstlich! Während ich meine Finger abschlecke, nuschele ich: »Konrad und ich mögen uns einfach nur so.« Nun senke ich meine Stimme. »Aber ich glaube, dass Leonie da ganz andere Absichten hat.« Leise kichere ich und schaue noch mal zu den beiden hinüber. »Zwischen Konrad und mir ist jedenfalls nichts. Gar nichts!«

»Ähm, du hast da Marshmallow im Gesicht«, sagt Sunny nun und deutet auf meine Wange. Ratlos sehe ich meine verklebten Finger an. »Ähm?«

Sunny lacht. »Soll ich?« Als ich nicke, streicht er mir sanft mit dem Daumen über die Wange. Hui, mir wird ganz heiß! Er streicht noch mal und noch mal, nun etwas doller. »Sorry, aber das geht nicht ab!« Wir brechen in Lachen aus. Dann treffen sich unsere Blicke. Ist es das Lagerfeuer oder warum funkeln seine Augen so? Und wieso wird mir plötzlich so heiß?

23. Kapitel

Am nächsten Morgen fühle ich mich unausgeschlafen. Wir sind am Abend noch richtig lange am Lagerfeuer gesessen und haben geplaudert und gesungen. Sebastian war sehr nachsichtig mit uns, sodass wir ausnahmsweise viel länger aufbleiben durften als sonst. Und als wir dann in unsere Zelte geklettert sind, geschah noch etwas, was Stunden vorher undenkbar gewesen wäre: Leonie und ich haben miteinander gequatscht. Denn ich wollte natürlich wissen, ob sie sich mit Konrad ausgesprochen hat.

»Nicht so richtig«, flüsterte Leonie mir dann aus ihrem Schlafsack heraus zu. »Es hat sich einfach nicht ergeben.«

Langsam richtete ich mich auf und lehnte meinen Kopf auf den Arm. »Aber ihr habt doch den ganzen Abend zusammen verbracht. Das sah so … so vertraut aus.«

»Ja, irgendwie schon. Aber er hat mir nicht gesagt, dass er mich toll findet.«

»Na, das muss er vielleicht ja auch nicht, wenn es ihm schwerfällt. Aber gezeigt hat er es dir doch«, kicherte ich in die Dunkelheit hinein.

Leonie raschelte auf ihrer Isomatte herum. »Hm, das könnte man so deuten, aber genau weiß ich es nicht.«

»Dann solltet ihr das morgen endlich klären!«, sagte ich viel zu laut. Erschrocken haute ich mir mit der Hand auf den Mund, doch zu spät.

»Mädels, jetzt ist Bettruhe!«, ertönte es da bereits aus dem Nachbarzelt, in dem Sebastian lag.

»Okay!« und »Sorry!«, riefen wir und mussten uns das Lachen verkneifen, haben aber unser Gespräch wirklich beendet. Nur Leonie hat mir noch mal ganz leise zugeflüstert: »Und du solltest die Sache mit Sunny mal klären.«

Ich habe nur gebrummt und noch lange, lange wach gelegen.

Und deshalb bin ich heute früh müde. Aber recht zufrieden mit mir und der Welt. Neben mir schnarcht Leonie friedlich vor sich hin. Jetzt kann ich gar nicht glauben, dass wir beide uns so gezofft haben. Eigentlich nur wegen eines Jungen. Total bescheuert.

Draußen poltert es. Ich ziehe den Reißverschluss unseres Zeltes hoch und schaue hinaus. Sunny ist über den Wasserkanister gestolpert und reibt sich nun das Schienbein.

»Alles okay?«, rufe ich ihm zu und versuche dabei so leise wie möglich zu sein, damit Leonie nicht aufwacht.

Mit verkrampftem Gesicht lächelt Sunny mich an und reckt den Daumen in die Höhe. Dann humpelt er davon.

Leonie ist aber doch aufgewacht, reibt sich die Augen und gähnt lautstark.

»Hey, guten Morgen!«, grüße ich fröhlich.

»Morgen!« Leonie reckt sich und grinst breit. »Bereit für unseren letzten Tag?«

»Wahnsinn, wie schnell die Zeit vergangen ist, oder? Morgen fahren wir schon wieder heim.« Seufzend ziehe ich meinen Packsack zu mir heran und wühle darin nach einem neuen Shirt. »Kommst du mit ins Bad?«

»Okay!« Nun sucht sich auch Leonie neue Klamotten zusammen und wir verlassen das Zelt. Auf einer der Bänke sitzen Konrad und Sunny und schmieren sich Toasts.

»Ha, und *das* klärst du heute auch noch«, flüstere ich Leonie zu.

»Selber!«, wirft sie zurück.

»Haha!« Ich haue mit meinem Shirt nach ihr und Leonie rennt lachend davon. Konrad und Sunny schauen uns irritiert nach.

»Also, wenn wir gewusst hätten, dass es auch nur den Anflug einer Möglichkeit gibt, dass ihr beide euch versteht, hätten wir euch schon früher mal zusammen im Wald ausgesetzt«, stöhnt Sunny und fährt sich durch die Haare.

Während unseres letzten Frühstücks in kleiner Runde hält Sebastian eine kurze Ansprache: »Kraniche, hey, das waren aufregende Tage mit euch! Wir haben gepaddelt wie verrückt, sind geklettert, hatten dabei leider einen Verlust zu verzeichnen, unsere Lisa, die nun mit verstauchtem Fuß zu Hause liegt.« Er deutet kurz auf Leonie und wendet auch dann den Blick nicht von ihr ab. »Beinahe hätten wir noch zwei weitere Leute verloren, aber zum Glück sind wir sieben nun alle wohlbehalten beisammen. Mir hat die Zeit mit euch Spaß gemacht, und ich glaube, wir sind ganz gut zusammengewachsen, meint ihr nicht?«

Einstimmiges Klatschen und Nicken.

»Ja, war toll!«

»Super Zeit!«

»Aber noch ist ja nicht Schluss!«

Sebastian freut sich über unsere Zustimmung. »Stimmt, noch ist nicht Schluss. Darum kurz zum Tagesplan: Wir räumen hier alles zusammen, dann paddeln wir los. Ich schätze, wir brauchen zwei bis drei Stunden, bis wir wieder beim Basiscamp sind. Entweder paddeln wir das in einem Rutsch durch, dann sind wir am späten Mittag beim Haus. Oder wir machen noch eine Pause und essen unterwegs gemeinsam.«

»Ich würde gerne noch mal im kleinen Kreis mittagessen«, fällt Pia ihm ins Wort.

Christian nickt. »Finde ich auch. Das wird nachher mit allen zusammen wieder so ein Gewusel.«

»Ein Abschiedsmittagessen der Kraniche«, fordert auch Leonie ein.

»Gut!« Sebastian betrachtet seine Karte. »Viel Auswahl haben wir nicht, aber es gibt eine Stelle, an der wir anlegen können. Da kann man auch essen. So, dennoch müssen wir dann ins Basiscamp zurück. Da bezieht ihr nachher eure alten Zimmer. Bis alle eintrudeln, ist es bestimmt früher Abend. Dann kocht Frau Ratzkow noch mal für uns, es gibt Spiele, und wenn es dunkel wird, starten wir zur Kanu-Fackelfahrt.«

»Uuuuh«, macht Pia und Sebastian nickt. »Ja, das ist tatsächlich *uuuuh*. Sehr schön und echt romantisch.«

Leonie, die mir gegenübersitzt, schaut mich mit versteinertem Blick an. Und ich schaue ebenso versteinert zurück. Christian, der neben ihr sitzt, zuckt nur gelangweilt mit den Schultern. Doch Konrad, der wiederum neben Christian sitzt, hat einen knallroten Kopf bekommen. Also, wenn es zwischen ihm und Leonie heute nicht klappt, dann weiß ich auch nicht. Sunny schaut betreten zu Boden und Pia schüttelt ganz leicht den Kopf.

»Nun«, löst Sebastian endlich die peinliche Stille auf. »Dann warten wir mal ab, was passiert. Morgen jedenfalls ist dann endgültig Zeit zum Abschiednehmen. Die Busse starten nach dem letzten Frühstück um zehn. Bis dahin müsst ihr alles gepackt haben. Bitte schaut, dass ihr nichts vergesst. Und Sachen, die euch nicht gehören, gebt ihr bitte zurück.« Er betrachtet seine Armbanduhr. »Okay. Ich gebe euch jetzt noch eine halbe Stunde. Dann sind alle abfahrtbereit an den Kanus, bitte!«

Rasch schlinge ich mein Brot hinunter und helfe Leonie beim Abbau des Zeltes. Mittlerweile bin ich wirklich geübt darin. Auch meine Isomatte und der Schlafsack bereiten mir keine Probleme mehr. Schneller als erwartet, habe ich alles verstaut und flitze nun zu dem alten Bauwagen, in dem sich zwei Toiletten und ein Waschbecken befinden. Ich will gerade die kleine Stiege erklimmen, als Sunny aus der Tür tritt.

»Hey«, sagt er und geht ein Stück beiseite, um mir den Eingang frei zu machen.

»Hey«, grüße ich fröhlich zurück und will mich an ihm vorbeischieben. Dabei berühren sich unsere Arme. Wir halten beide kurz inne.

»Ich … ähm«, stammelt Sunny und kratzt sich verlegen

am Hinterkopf. »Ach, schon gut.« Er wirft einen Blick in den Bauwagen. »Irgendwie ist das hier gerade kein sonderlich schöner Ort. Bis später!« Damit flitzt er die Stiege hinunter und rennt, ohne sich noch mal umzusehen, zurück zu den anderen.

Mit offenem Mund bleibe ich zurück. Was war das? Ich fühle mich ganz wackelig auf den Beinen. Rasch betrete ich das Bad, drehe am Wasserhahn und lasse mir das eiskalte Wasser über die Hände laufen. Warmes Wasser gibt's hier nicht.

Mit den nassen, kalten Händen fahre ich mir über das Gesicht und betrachte mich dann im Spiegel. Ich sehe richtig erholt aus. Die Sonne hat meine Haut in den letzten Tagen hellbraun eingefärbt und auf meiner Nase sitzen ein paar Sommersprossen. Rasch putze ich mir die Zähne, kämme dann besonders gründlich meine Haare und nehme heute mal den Lippenpflegestift, der einen zarten rosafarbenen Schimmer auf meine Lippen zaubert.

Nie im Leben werde ich versuchen, mich Sunny zu nähern. Das traue ich mich nicht. Aber wenn er die Initiative ergreifen würde … Mein Bauch zieht sich zusammen. Himmel, bin ich aufgeregt!

24. Kapitel

Ein wenig wehmütig paddeln wir heute durch die Gegend. Also, Konrad und Christian sind gut drauf wie eh und je. Konrad witzelt sogar immer mal wieder mit Leonie, die im Boot vor ihm sitzt. Aber in meinem Boot ist es relativ ruhig. Ich werde aus Sunny einfach nicht schlau. Gestern Abend war es so lustig, dann der merkwürdige Moment am Bauwagen und jetzt bringt er wieder keinen Ton heraus.

Erst als wir nach einer netten Tour durch ein schmales Bächlein an unserem Ausgangssee ankommen und Mittagspause machen, erwacht er wieder zum Leben. Wir haben gerade die Kanus verstaut und wollen zu dem Gasthof gehen, als er mich am Arm festhält.

»Kann ich kurz mit dir reden?«, fragt er flüsternd.

Kaum merklich nicke ich. Mein Herz beginnt wie verrückt zu klopfen.

Wir warten, bis die anderen vorausgegangen sind, und laufen dann langsam hinterher.

»Was wolltest du denn?«, frage ich und wage es kaum, Sunny anzusehen.

Er kickt einen kleinen Ast aus dem Weg. »Na ja.« Er räuspert sich. »Ich wollte … ach, ich wollte einfach Klarheit schaffen.«

Nun sehe ich doch zu ihm hinüber. »Klarheit?«

Der sonst so lässige Sunny sieht jetzt ganz unsicher aus. Er zupft an seiner Hose, sein Blick wandert rastlos in der Gegend umher. »Ja, also, ich mag dich, weißt du.«

Sanft nicke ich. »Ich mag dich auch.« Das ist ja erst mal ganz unverfänglich, finde ich.

»Ja. Ich mag dich sehr, das wollte ich dir sagen. Aber du warst immer so viel mit Konrad zusammen. Da war ich dann eben nicht sicher, ob du ihn mehr magst als mich.« Er wuschelt durch sein Haar und schielt mich unter seinem Pony hindurch an.

Irgendwie hat es mir komplett die Sprache verschlagen. Ich kann nur unzusammenhängend stammeln. »Nein, also, Konrad … Quatsch! Ich … ich mag ihn nicht mehr als dich.« Das ist immer noch ziemlich schwach in der Aussage, finde ich. Und ob das jetzt so gut ist, weiß ich nicht. Sunny jedenfalls sieht nicht sonderlich glücklich aus. Nun bleibt er stehen.

Ich tue es ihm gleich und wir wenden uns einander zu.

»Okay!« Er atmet tief durch. »Morgen ist hier eh Schluss. Und Pia hat gesagt, sie redet kein Wort mehr mit mir, wenn ich das nicht vorher kläre. Also: Ich finde dich nicht nur nett, ich finde dich toll. Und ich würde mich total freuen, wenn wir auch nach dieser Tour hier in Kontakt bleiben.«

Warum, um Himmels willen, fehlen mir sämtliche Worte? Ich kann nur dämlich nicken. »Ja, total gerne«, kriege ich noch hervor.

»Es ist aber eben so, dass du in den letzten Tagen manchmal so komisch zu mir warst.« Er trippelt unruhig von einem Fuß auf den anderen.

»Komisch? Wann denn?« Ich kann mich wirklich nicht erinnern, wann das gewesen sein soll. Aber mein Gehirn funktioniert im Augenblick nicht sonderlich gut.

»Na, auf dem Steg neulich zum Beispiel. Da waren wir uns so nah, aber dann bist du sofort weggerutscht. Oder als du gesagt hast, dass ich ein toller Kanubegleiter bin.« Er schnaubt verächtlich. »Da hatte ich nicht wirklich das Gefühl, dass du mich magst – also, so richtig magst …«

»Äh, doch! Total. Tut mir leid, das wollte ich nicht!«

Nun ergreift Sunny meine Hand. »Sicher?«

Ich nicke nur schwach und drücke seine Hand ganz fest. Wow! Ein Junge hält meine Hand. Und nicht nur irgendein Junge, nein – Sunny!

Langsam gehen wir weiter, sagen nichts mehr. Da sind nur unsere Hände, die sich eng umschlungen halten. Und immer wieder unsere Blicke, die sich treffen. Ich fühle mich, als ob ich schwebe.

Kurz bevor wir am Gasthof ankommen, lassen wir unsere Hände automatisch los. Ich kann das alles hier noch gar nicht einordnen und hoffe, dass Sunny und ich im Laufe des Tages noch mehr Zeit zu zweit verbringen können. Heute Abend vielleicht, wenn das Abschiedsfest steigt.

Gemeinsam stürmen wir in den Gasthof, der dunkel und ungemütlich aussieht. Die Kellnerin ist ziemlich mürrisch und knallt uns kommentarlos die Speisekarten auf den Tisch.

Ich bestelle einen Salat und nippe an der Apfelsaftschorle, die die Kellnerin kurz darauf schwappend vor mir abstellt.

»Läuft bei euch was?«, flüstert Leonie, die neben mir auf der Bank sitzt, mir plötzlich zu.

Erschrocken fahre ich zu ihr herum. Sie grinst mich breit an und nickt unauffällig in Sunnys Richtung, der sich glücklicherweise gerade mit Sebastian unterhält. »Ich hab euch gesehen.« Mit ihrem kleinen Finger berührt sie meine Hand.

Puh, hätte es dieses Gespräch noch vor zwei Tagen gegeben, würde ich jetzt Panik bekommen. Doch zum Glück haben sich die Zeiten geändert, und nun strahlen Leonie und ich uns einfach an und ich habe keine Gemeinheiten zu befürchten.

»Und ihr?«, flüstere ich zurück.

Verschwörerisch schließt Leonie die Augen und wiegt den Kopf hin und her.

Weil sie nichts sagt, raune ich ihr zu: »Ihr habt ja ordentlich rumgealbert vorhin.«

Leonie nickt und lächelt selig. »Heute Abend wird's passieren! Letzte Chance. Ich fahre nicht ungeküsst nach Hause zurück.«

Sie ist so entschlossen, dass ich laut auflachen muss. So, wie sie da gerade neben mir sitzt, die Arme vor der Brust verschränkt, zielstrebiger Blick … Schade, dass wir diesen holprigen Start hatten.

»Wie geht's eigentlich Lisa?«, frage ich, weil ich an die ersten Tage denken muss.

»Ganz gut. Der Fuß ist verstaucht, sie liegt ganz viel zu Hause im Bett rum und langweilt sich, aber sie ist okay.«

»Das ist gut.« Und das meine ich auch wirklich so.

Die unfreundliche Kellnerin knallt mir meinen Salat und Leonie ihre Lasagne vor die Nase. Wir schauen uns an und müssen schon wieder lachen.

»Also, heute Abend!« Leonie nickt mir bestimmt zu.

Mit der Gabel sortiere ich die Tomaten aus und lege sie auf den Tellerrand. »Na, du vielleicht.«

»Abwarten!« Sie grinst bis über beide Ohren und schiebt sich dann genüsslich eine riesige Portion Lasagne in den Mund.

Nach dem Essen liegen wir noch ein wenig am Ufer des Sees herum, bevor wir den letzten Abschnitt unserer Reise in Angriff nehmen. Anderthalb Stunden noch und wir sind wieder am Basiscamp. Leonie, Konrad und Christian sind gerade noch mal in den See gesprungen, aber ich habe keine Lust. Ich sehe ihnen zu, wie sie im Wasser planschen, und lausche ihrem Lachen.

Ich freue mich auf Josy und bin gespannt, was sie mit Keanu noch so erlebt hat. Sie hat sicher nichts anbrennen lassen. Aber sosehr ich mich auch auf sie freue, graut es mir schon ein wenig vor dem Trubel heute Abend. Alle werden total aufgekratzt sein. Ein ruhiger Abend wird das ganz sicher nicht.

»So nachdenklich?«, fragt Sunny plötzlich neben mir. Wir sind alleine am Ufer. Sebastian checkt noch mal die Kanus, Pia hilft ihm.

»Ja, ach, irgendwie werde ich die Zeit mit allen hier vermissen. Das hätte ich nicht gedacht.« Neben mir liegen ein paar Steine, die ich jetzt hochnehme und einen nach dem anderen ins Wasser werfe.

»Mhm«, macht Sunny. Wir sehen uns an und müssen beide lachen. Dann legt er den Arm um mich und zieht mich ein Stück an sich heran. Ich lasse meinen Kopf auf seine Schulter fallen und atme seinen Duft ein. Sein Herz pocht, ich spüre jeden Schlag. Und mein Herz pocht sicher mindestens ebenso doll.

»Kommt mal langsam raus da!«, ruft Sebastian den dreien im Badesee zu. »Wir müssen los.«

Sunny haucht mir einen sanften Kuss auf den Kopf und rappelt sich dann hoch. Als er steht, hält er mir eine Hand entgegen und hilft mir auf.

»Bis gleich im Kanu«, flüstert er und ich kann nur blöd grinsen.

25. Kapitel

Keine zwei Stunden später taucht das Basiscamp am Ufer vor uns auf.

»Yeah!«, macht Christian sofort und reißt die Arme samt Paddel in die Höhe.

»Buh!«, fällt Konrad ihm ins Wort und wir anderen müssen lachen.

Ich bin hin- und hergerissen zwischen Freude und Wehmut. Schweigend paddeln wir ans Ufer.

»Keine Sorge, das war nicht unsere letzte Tour«, sagt Sebastian, als wir die Kanus an Land geschoben haben. »Heute Abend machen wir ja noch den Ausflug. Jetzt verstaut aber erst mal euren Kram, bezieht die Zimmer und dann habt ihr bis auf Weiteres Freizeit.« Er schaut zum Haus hinüber. »Eine Gruppe ist schon da, die anderen beiden noch nicht. Ich muss erst mal mit den anderen Betreuern reden, was als Nächstes ansteht. Aber irgendwann abends wird gegrillt.«

»Alles klar!«, ruft Leonie. Und dann verstauen wir die Wasserkanister und die Lebensmitteltonne in dem Schuppen und gehen auf unsere Zimmer. Josy ist noch nicht zurück, darum nutze ich die Ruhe und rufe endlich mal Leni an. Sie ist ganz aufgeregt, als ich ihr von Sunny erzähle.

»Mann, hast du es gut! Bei uns an der See ist es todlangweilig. Es regnet seit Tagen! Sei froh, dass du in deinem Camp warst.«

Ich muss lachen. »Ich hätte nie gedacht, dass ich das jemals sagen würde, aber ja, du hast total recht.«

»Nächstes Mal will ich mitkommen«, fordert meine beste Freundin ein.

Nächstes Mal?, denke ich. Ja, warum eigentlich nicht? Vielleicht fahren wir nächstes Jahr einfach noch mal alle gemeinsam? Ich beschließe, nachher mit Leonie und Pia zu reden. Und mit Sunny. Automatisch beschleunigt sich mein Herzschlag. Wieder fällt mir Leonie ein, die so wild entschlossen war, Konrad heute Abend zu küssen.

»Mara, bist du noch da?«, ertönt es aus dem Handy.

»Äh, ja, klar. Nächstes Mal kommst du mit, sicher! Das wird super.« Nervös zupfe ich an meiner Hose herum. »Du, Leni?«

»Ja?«

»Wegen Sunny …« Ich erhebe mich und beginne im Kreis zu laufen.

»Ja?«, fragt Leni erneut.

»Also, ich hab mit Leonie gesprochen, und die meint, dass wir ja nur noch heute Abend haben …«

»Da hat sie wohl recht.« Leni lacht laut auf.

Weil mir vom vielen Im-Kreis-Laufen langsam schwindelig wird, bleibe ich vor dem Fenster stehen und schaue hinaus.

»Ja, also, sie will Konrad heute Abend küssen.«

»Guter Plan. Besser heute als gar nicht. Und du?«

Draußen ist noch nicht viel los. Zwei, drei Leute sind in den See gesprungen, sonst ist niemand zu sehen. Aber in der Ferne erkenne ich drei Kanus, die auf uns zusteuern. Die nächste Gruppe kommt zurück!

»Tja, ich weiß nicht.« Ich hauche gegen die Scheibe und male ein Herz hinein.

»Zu verlieren hast du nichts. Außerdem hat Sunny ja wohl klargemacht, dass er dich toll findet. Also!« Meine beste Freundin ist entschlossener als ich. »Nicht, dass du dich hinterher ärgerst.«

Ich seufze tief. »Mal sehen, was der Abend bringt. Ich geh jetzt erst mal runter, okay?«

»Melde dich aber nachher noch mal, ja? Ich will unbedingt wissen, wie das da weitergeht.«

Das verspreche ich, verstaue mein Handy in meinem Kleiderschrank und gehe hinunter in den Garten. Tatsächlich steuern die Kanus, die ich vom Fenster aus gesehen habe, genau auf unser Haus zu. Ich hocke mich ans Ufer und schaue hinaus, bis ich erkennen kann, dass es nicht die Libellen sind, sondern die Salamander. Weil ich aber sonst nicht viel zu tun habe, warte ich, bis sie angelegt haben, und begrüße sie.

Irgendwann laufe ich Frau Ratzkow über den Weg, die mich bittet, ihr bei den Vorbereitungen für das Abendessen zu helfen. Das tue ich nur widerwillig. Viel lieber würde ich nach Sunny suchen, denn den habe ich jetzt eine ganze Weile nicht gesehen. Stattdessen schnippele ich nun aber Gemüse und helfe, tonnenweise Kartoffeln zu schälen, aus denen wir einen Berg Kartoffelsalat machen.

Erst am späten Nachmittag komme ich wieder raus in den Garten, wo die Betreuer bereits verschiedene Spiele vorbereitet haben. Es findet ein Volleyballmatch statt, an dem Sunny und Konrad teilnehmen. Annett bastelt mit einigen anderen die Fackeln für die Nachtfahrt. Und dann sehe ich, dass auch die letzten drei Kanus, nämlich die Libellen, auf uns zusteuern. Ich winke wie verrückt, und als Josy mich sieht, schafft sie es kaum, ruhig sitzen zu bleiben. Sobald das Ufer in Reichweite ist, klettert sie aus dem Kanu und kommt zu mir gelaufen.

»Mara! Hurra!« Sie drückt mich, als hätten wir uns drei Monate lang nicht gesehen. »Und? Und? Und? Was gibt's Neues?« Das letzte Wort singt sie mehr, als dass sie es sagt.

»Ähm«, mache ich verwirrt. »Gar nicht so viel.«

Nun hüpft sie wie ein Flummi vor mir auf und ab. »Aber bei mir!« Sie ist so kribbelig, dass ich lachen muss. »Keanu und ich sind zusammen!«

»Oh, wow! So richtig zusammen? Das ging ja schnell.«

»Mhm«, macht Josy vielsagend. Und dann erzählt sie mir in Windeseile, was in den letzten anderthalb Tagen passiert ist.

»Josy, pack mal mit an!«, ruft einer von den Libellen. Ich helfe dabei, die Kanus auszuladen. Dabei entgeht mir nicht, dass Keanu und Josy sich bei jeder Gelegenheit anlächeln. Süß, die zwei!

Die Zeit bis zum Abendessen verfliegt jetzt, wo Josy da ist, viel schneller. Und obwohl ich mich freue, dass wir wieder zusammen sind, kommt in mir auch ein wenig schlechte Laune auf, weil ich Sunny nirgendwo zu greifen kriege. Einer von uns beiden ist immer gerade schwer beschäftigt, wenn wir uns über den Weg laufen. Mal trage ich Packsäcke von den Libellen ins Haus, dann wiederum hilft Sunny dabei, die Bierbänke fürs Abendessen rauszutragen. Später, tröste ich mich. Der Abend wird heute lange gehen und irgendwann haben wir auf alle Fälle noch mal Zeit zusammen.

Auch Leonie wird kribbelig. Während einige Leute schon die Teller für das Abendessen raustragen, kommt sie zu mir und Josy.

»Kann es bitte endlich so richtig Abend werden?«, sagt sie mit rollenden Augen.

Tröstend lege ich ihr einen Arm um die Schultern. »Keine Sorge, jetzt gibt es gleich Essen, danach kehrt bestimmt ein wenig Ruhe ein. Dann wird wieder getanzt und das Lagerfeuer angezündet. Da klappt das schon.«

Josy schaut zwischen uns beiden hin und her. »Wer seid ihr denn? Als ich euch das letzte Mal gesehen habe – und das ist anderthalb Tage her –, hättet ihr euch am liebsten die Augen ausgekratzt!«

»Oh stimmt, ich hab dir noch gar nicht erzählt, dass wir uns verirrt haben.«

Josy reißt die Augen weit auf. »Ihr habt was?«

»Komm«, ich hake Josy links und Leonie rechts unter, »das erzählen wir dir beim Essen. Ich musste beim Kartoffelsalat helfen. Der ist gar nicht mal so schlecht geworden.«

26. Kapitel

Die Zeit rast. Auf einmal fängt es schon an zu dämmern.

»Nach dem Sonnenuntergang starten wir zur Fackeltour – das wird so in etwa einer halben Stunde sein«, ruft Martin laut, damit ihn alle hören. »Bitte findet euch dann wieder in euren Gruppen zusammen, sonst gibt es das reinste Chaos, okay?«

»Hey«, höre ich eine sanfte Stimme hinter mir – Sunny! Endlich! Ich kann nicht anders, als ihn anzustrahlen.

»Ähm, ich lass euch dann mal allein. Wollte eh mal sehen, wo Keanu steckt.« Josy, die eben noch neben mir im Gras saß, rappelt sich hoch, winkt kurz und verschwindet dann. Toll ist sie, echt!

»Hey«, grüße ich nun leise zurück und stehe ebenfalls langsam auf. »Wir haben uns kaum gesehen, seit wir wieder hier sind.«

Sunny nickt und kratzt sich im Nacken. »Ja, leider. Aber hast du Lust, dir mit mir den Sonnenuntergang anzusehen?«

Mir wird heiß und kalt. »Klar, total gerne.«

Er greift nach meiner Hand und wir gehen Richtung Wasser. »Am Steg sind schon ein paar Leute, aber ich denke, wir finden da noch ein Eckchen.«

Es wäre mir lieber gewesen, irgendwo alleine mit Sunny zu sitzen. Aber zum Glück schert sich niemand um uns. Zwei Pärchen sitzen eng umschlungen nebeneinander und merken nicht mal, dass wir dazukommen. Und am Kopf des Steges sitzen drei Mädchen, die sich in den Armen liegen. Ich höre eine von ihnen schluchzen. Ja, der Abschied naht. Auch wenn sich alle auf zu Hause freuen, überfällt auch jeden Einzelnen allmählich eine Spur Wehmut. Irgendwie hatten wir alle eine gute Zeit zusammen.

»Wollen wir uns hierhinsetzen?«, fragt Sunny und deutet auf einen Platz, etwa einen Meter von den weinenden Mädchen entfernt.

Als wir sitzen, sagen wir lange nichts. Wir bewundern nur den Himmel, der heute Abend ein ganz besonderes Schauspiel für uns bereithält. Die Sonne glüht und färbt den Himmel tieforange ein. Davor ziehen ein paar dunkelblaue Wolken entlang. Es ist wunderschön.

»Wow«, sagt Sunny irgendwann. Wir schauen uns an, lächeln, dann rutscht er etwas näher an mich heran. Wie schon heute Mittag lasse ich meinen Kopf auf seine Schulter fallen und er legt mir den Arm um die Schultern.

»Morgen ist alles vorbei«, flüstere ich mit belegter Stimme. Eine tiefe Traurigkeit überkommt mich.

»Mhm«, macht Sunny stockend. »Magst du mir deine Nummer geben?«

Mein Kopf schießt ganz automatisch und viel zu schnell in die Höhe. »Ja klar! Bleiben wir denn in Kontakt?« Jede Faser meines Körpers kribbelt. Ich hatte mich das immer wieder gefragt. Wie geht das hier weiter? Geht es überhaupt weiter? Oder wird Sunny mich vergessen, sobald wir in die Busse gestiegen sind, die uns in unterschiedliche Richtungen fahren?

»Das will ich doch schwer hoffen! Weißt du, wir sind häufiger mal in Berlin. Meine Mutter hat beruflich dort zu tun. Sie hält oft Vorträge. Da könnte ich sie bald mal begleiten, wenn du magst. Außerdem wohnt mein Onkel in Berlin.« Seine Fingerspitzen fahren vorsichtig über meinen Arm.

»Ja, das wäre toll!« Ich wende ihm meinen Kopf zu und wir schauen uns tief in die Augen. Das Licht zaubert diesen ganz besonderen Glanz auf Sunnys Haut und er sieht einfach umwerfend aus. Ganz langsam nähert sich sein Kopf meinem – so langsam, dass ich das Gefühl habe, jeden Moment zerspringen zu müssen. Schließlich berühren seine Lippen ganz sanft meine. Und dann fühlt es sich tatsächlich an, als würde ich innerlich zerspringen – aber vor Freude. In diesem Moment muss ich das glücklichste Mädchen auf der ganzen Welt sein.

Nach ein paar Minuten ist die Sonne endgültig untergegangen, die Dunkelheit hat eingesetzt und um uns herum bricht wieder Trubel aus. Klar, alle freuen sich auf die Fackeltour. Noch einmal umarmt Sunny mich fest, dann stehen wir auf und begeben uns Hand in Hand auf die Suche nach den anderen Kranichen.

Sebastian hat unsere Kanus bereits in Position geschoben. Pia und Christian sind auch schon da. Pia grinst breit, als sie ihren Bruder und mich gemeinsam sieht. »Na endlich«, stößt sie aus.

Leonie und Konrad kommen ebenfalls angelaufen. Nicht Hand in Hand, aber Leonie reckt einen Daumen in die Höhe, also gehe ich davon aus, dass auch bei den beiden so langsam alles geklärt ist.

»Jedes Boot bekommt zwei Fackeln«, erklärt Sebastian. »Die könnt ihr in die Tragegriffe stecken. Jungs, holt ihr die mal vom Lagerfeuer, bitte?«

Konrad, Christian und Sunny laufen los und kehren kurz darauf mit jeweils zwei Fackeln zurück, die sie mit Sebastians Hilfe an den Booten befestigen.

Die ersten Kanus gleiten bereits auf den See, und es sieht wunderschön aus, wie die Fackeln sich im Wasser spiegeln. Nun schieben auch wir Kraniche unsere Kanus ins Wasser und paddeln los. Der Himmel ist schwarz, nur unsere zwölf Boote beleuchten die Umgebung. Je weiter wir auf den See hinausfahren, desto mehr Lichter sehen wir am Ufer – einzelne Häuser oder Laternen. Diese besondere Stimmung ergreift jeden Einzelnen von uns. Darum sind wir alle ungewöhnlich still und genießen den Moment.

Heute sitze ich in der Mitte, Sunny ist hinter mir. Immer wieder streicht er mir sanft über den Rücken und ich lächle ihm dann über die Schulter hinweg zu. Ich halte Ausschau nach Josy und Keanu, aber ich kann die beiden nicht sehen.

Die Tour geht nicht lang, nur eine halbe Stunde vielleicht. Dann paddeln alle langsam wieder zurück. Und obwohl es nur so kurz war, war es ein wundervoller Ausflug.

27. Kapitel

»Hier, das ist noch von dir.« Josy wirft mir ein graues T-Shirt zu, das ich noch nie gesehen habe.

»Nein, das gehört mir nicht«, antworte ich und werfe es zurück.

Josy betrachtet es fragend. »Komisch. Dann gehört das vielleicht Helen und ich habe es aus Versehen eingesteckt.«

Ich schließe meinen Rucksack und schaue mich noch mal prüfend in unserem Zimmer um. Die Betten sind abgezogen, der Kleiderschrank ist leer. Sogar unter den Hochbetten schaue ich nach. Es ist, als wären wir nie hier gewesen. Und doch fühle ich mich anders.

Dieser Trip war eine großartige Erfahrung. Obwohl ich erst gar keine Lust hatte. Aber jetzt bin ich braun gebrannt, habe meine ehemals ärgste Feindin aus einem reißenden Fluss gerettet und dann auch noch Sunny kennengelernt. Ich wünsche mir nichts sehnlicher, als dass es mit uns was wird. Mein Herz schmerzt bei dem Gedanken, dass wir uns gleich verabschieden müssen. Aber es war eine unglaubliche Zeit und ich schwebe noch immer auf Wolke sieben. Und da möchte ich auch lange, lange bleiben.

Josy knallt ihren Rucksack neben meinen. »So, fertig!« Sie umarmt mich. »Du wirst mir so sehr fehlen!«

Meine Kehle schnürt sich zusammen. »Du mir auch!«

Und ja, auch das – ich habe neue Freunde gefunden. Josy, die zwar nicht in Berlin lebt, mit der ich aber auf alle Fälle in Kontakt bleiben werde. Und dann ist da noch Leonie, die gar nicht weit von mir entfernt wohnt. Mit der U-Bahn nur acht Stationen. Und Konrad und Christian, die etwas außerhalb von Berlin wohnen, aber eben auch nicht wirklich weit weg. Wir haben gestern Abend noch ein erstes Treffen verabredet. Leider erst nach den Sommerferien, aber egal. Wir sehen uns bald wieder, und das ist die Hauptsache.

Unten hupt ein Bus, also schultern Josy und ich unsere Rucksäcke und gehen runter. Im Eingangsbereich und vor dem Haus herrscht ein heilloses Durcheinander. Ich spüre, wie Tränen hinter meinen Augen brennen. Ich schlucke schwer, versuche sie runterzuschlucken, doch es gelingt mir kaum.

»Josy, Elena, Robert, das ist euer Bus. Sachen in den Gepäckraum und dann los!«, treibt Annett die drei an.

»Abfahrt nach Hamburg in zehn Minuten!«, schreit Chris. »Alle, die nach Hamburg fahren, bitte jetzt verabschieden!«

Um mich herum bricht ein noch größeres Chaos aus. Ein Junge schiebt sich ungeschickt an mir vorbei und reißt mich dabei beinahe um. Eine Hand greift nach mir und verhindert einen Sturz. Sunny.

Als ich wieder auf beiden Beinen stehe, lässt er mich trotzdem nicht los. »Hab dich gar nicht beim Frühstück gesehen heute.« Sein Blick flackert.

»Josy und ich haben verschlafen. Wir haben noch gar nichts gegessen. Haben es gerade mal so geschafft, unsere Sachen zu packen.«

Sunny nickt. »Sollen wir uns noch mal kurz hier aus dem Chaos verkrümeln?«

»Musst du nicht los?« Mein Blick fliegt Richtung Bus.

Sunny winkt ab. »Mein Gepäck ist verstaut. Ein paar Minuten bleiben noch.«

Gemeinsam gehen wir ein Stück um die Ecke und bleiben an einem prächtigen Blumenbeet stehen.

»Ich will nicht wegfahren«, flüstere ich und kämpfe gegen die Tränen an.

»Schon gut. Ich bin auch traurig.« Dann schließt Sunny mich in die Arme und drückt mich fest an sich. »Ich rufe dich heute Abend gleich an, ja?«

Ich kann nur nicken, zu mehr reicht es nicht.

Dann nimmt Sunny meinen Kopf zwischen seine Hände und hebt ihn, sodass ich ihm in die Augen sehen muss.

»Ich bin wahnsinnig froh, dass ich dich kennengelernt habe, Mara!« Er küsst meine tränennassen Wangen.

Wieder nicke ich nur.

»Vielleicht tröstet es dich, wenn ich dir sage, dass ich in zwei Wochen nach Berlin komme?« Sein Blick ist ganz sanft.

»Wirklich?«, frage ich ungläubig.

Er nickt und zieht einen Mundwinkel nach oben. »Ja. Ich habe mit meinem Onkel telefoniert. Ich kann ein paar Tage bei ihm wohnen. Pia wird vermutlich auch mitkommen.«

»Oh, das ist toll!«, jubele ich.

»Dass Pia mitkommt?«, fragt er gespielt empört.

Ich versetze ihm einen Hieb. »Auch. Aber vor allem, dass du in Berlin sein wirst!«

»Abfahrt nach Hamburg in drei Minuten!«, hören wir Chris rufen.

»Komm!« Er drückt mich noch einmal und knotet seinen Pullover, den er um die Hüfte gebunden hatte, ab. »Willst du den behalten, bis ich nach Berlin komme?«

Ich nicke und presse den Pulli fest an mich. Dann gehen wir zum Bus.

Dort muss ich nun auch noch Pia und Josy verabschieden. Josy ist glücklicherweise bestens gelaunt, denn Keanu fährt ja in ihrem Bus mit. Somit haben die beiden noch Zeit bis zum Abschied.

»Ich melde mich gleich aus dem Bus!«, verspricht sie und drückt mich.

»Quatsch! Die Busfahrt verbringst du schön mit Keanu. Bei mir kannst du dich auch später melden!«

Josy nickt. »Hast recht. Bis nachher!«

»Tschüs, Mara«, sagt Pia neben mir und auch sie drücke ich fest.

»Wir sehen uns bald in Berlin, hab ich gehört.«

Pia grinst breit. »Ja, so was hab ich auch gehört. Prima, ich freu mich drauf.«

»Und ich erst!« Ich fühle mich etwas besser, jetzt wo ich weiß, dass ich Sunny schon so bald wiedersehen werde.

»Vielleicht machen wir so eine Tour nächstes Jahr einfach noch mal!«, schlage ich vor.

»Ja, cool!«, sagt Konrad, der sich eben zu unserem Trupp gestellt hat.

»Das ist eine gute Idee!«, findet auch Josy. »Dann sind wir aber alle bitte schön in einer Gruppe!«

»Das machen wir«, stimmen auch Pia und Sunny mit ein.

»Pläne ohne mich?«, fragt Leonie, die nun auch zu uns gekommen ist.

»Du und Lisa, ihr müsst auch mitkommen. Wir machen das nächstes Jahr noch mal alle zusammen!«, erklärt Pia.

Leonie klatscht in die Hände. »Au ja!« Dann lehnt sie sich an Konrad, der ihr vorsichtig einen Arm um die Schultern legt.

»Alles einsteigen, bitte!«, ruft der Busfahrer nun. Noch einmal wuseln alle durcheinander. Es ist ein Gedrücke und Geknutsche. Jeder Zweite weint. Auch mir fließen die Tränen wieder die Wangen hinunter, doch diesmal kann ich dabei auch ein wenig lachen.

Josy und Keanu winken noch mal, Pia drückt meinen Arm und Sunny gibt mir einen letzten Kuss. Dann steigen sie in den Bus. Die Türen schließen sich, und alle drängen sich an die Fenster, um uns Verbliebenen zu winken. Schließlich setzt sich der Bus in Bewegung und fährt langsam durch die Einfahrt auf die Straße.

Ich schluchze laut auf. Leonie stellt sich zu mir und umarmt mich. Auch ihre Augen glänzen verdächtig.

»Wieso weinst du eigentlich?«, frage ich.

»Weil ich Abschiede hasse. Und weil ich alle total vermissen werde.« Wir lachen uns unter unseren Tränen an.

»Unser Bus hat Verspätung. Das dauert wohl noch eine Viertelstunde«, erklärt Leonie mir. »Wollen wir uns noch was vom Frühstück holen?«

Noch einmal gehen wir ins Haus und belegen uns im Frühstücksraum Brote.

»Ich bin froh, dass wir uns jetzt verstehen«, sage ich und beiße voller Heißhunger in mein Käsebrot.

Leonie schaut mich schief an. »Ich auch. Blöder Start.«

»Ach, Schwamm drüber. Seien wir einfach froh, dass jetzt alles gut ist. Und was ist mit Konrad und dir?«

Leonie gießt sich einen Orangensaft ein. »Konrad ist wahnsinnig schüchtern, das ist gar nicht so einfach.« Sie stellt die Karaffe auf den Tisch und nimmt einen Schluck. »Aber wir treffen uns diese Woche noch, bevor er nach Portugal abreist.«

»Vielleicht fällt es ihm ja leichter, wenn ihr alleine seid«, spreche ich Leonie Mut zu.

Sie nickt. »Das glaube ich auch. Wird schon mit uns, braucht eben nur seine Zeit.«

Ich belege mir noch ein Brot für die Fahrt und wickle es in eine Serviette ein. Von draußen ertönt ein lautes Hupen.

»Das waren jetzt aber keine fünfzehn Minuten«, meckert Leonie.

»Na komm«, sage ich und wir gehen gemeinsam raus.

Schnell ist das Gepäck verstaut, schnell sind wir alle im Bus. Selbstverständlich überlasse ich heute Leonie die Platzauswahl. Und Leonie setzt sich neben Konrad, Christian und ich setzen uns in die Reihe daneben. Ich sitze am Fenster und schaue hinaus. Mir ist nicht nach Reden. Ich lasse meine Gedanken treiben, denke an Sunny und an Josy. Immer wieder streichle ich über Sunnys Pullover, der mir wenigstens ein bisschen Trost gibt.

Auf der Hälfte der Strecke piepst mein Handy – eine Nachricht von Sunny:

Du fehlst mir schon jetzt! Bis in dreizehn Tagen!

Dann sendet er ein Foto von sich und Pia im Bus. In der Reihe hinter ihnen haben sich Josy und Keanu über die Rückenlehnen gebeugt und winken. Unwillkürlich muss ich grinsen.

Ich vermisse euch ALLE! Und ich zähle die Minuten!, antworte ich und versinke dann wieder in meine Tagträume.

Nach zwei Stunden Fahrt taucht die Stadtgrenze vor uns auf. Jubel bricht aus. Und auch ich freue mich natürlich auf zu Hause. Ich bin gespannt, was meine Mutter in London erlebt hat, wie ihr neuer Job ist. Ob sie mir was Cooles mitgebracht hat? Und Leni, die ist auch schon wieder zurück. Ich kann es kaum erwarten, ihr alles haarklein zu erzählen.

Langsam schiebt sich der Bus durch den Nachmittagsverkehr. Und dann sehe ich den Busbahnhof, wo schon lauter Leute stehen und warten.

»Hey, das ist meine Mutter!«, ruft jemand.

»Hä? Ist denn von mir niemand da?«, wundert sich ein anderer.

Doch ich sehe Mom sofort. Und neben ihr Leni. Mein Herz hüpft vor Freude. Auch wenn es sich anfühlt, als wären die beiden aus einem anderen Leben. Ich habe so viel zu erzählen.